JEUNESSE

Collection dirigée par
Anne-Marie Villeneuve

D1413919

Un jeu vers le soleil

Un jeu
vers le soleil

PASCALE GINGRAS

QUÉBEC AMÉRIQUE jeunesse

Catalogage avant publication de Bibliothèque et Archives
nationales du Québec et Bibliothèque et Archives Canada

Gingras, Pascale

Un jeu vers le soleil

(Titan jeunesse ; 67)

ISBN 978-2-7644-0647-2

I. Titre. II. Collection : Titan jeunesse ; 67.

PS8613.I53J48 2008   jC843'.6   C2008-940825-X

PS9613.I53J48 2008

Conseil des Arts   Canada Council
du Canada   for the Arts

SODEC
Québec

Nous reconnaissons l'aide financière du gouvernement du Canada
par l'entremise du Programme d'aide au développement de l'industrie
de l'édition (PADIÉ) pour nos activités d'édition.

Gouvernement du Québec – Programme de crédit d'impôt pour
l'édition de livres – Gestion SODEC.

Les Éditions Québec Amérique bénéficient du programme de subvention
globale du Conseil des Arts du Canada. Elles tiennent également à
remercier la SODEC pour son appui financier.

Québec Amérique
329, rue de la Commune Ouest, 3ᵉ étage
Montréal (Québec) H2Y 2E1
Téléphone : 514 499-3000, télécopieur : 514 499-3010

Dépôt légal : 3ᵉ trimestre 2006
Bibliothèque nationale du Québec
Bibliothèque nationale du Canada

Révision linguistique : Diane Martin
Mise en pages : André Vallée – Atelier typo Jane
Conception graphique : Karine Raymond
Réimpression : mars 2008

Imprimé au Canada

… on ne voit bien qu'avec le cœur.
L'essentiel est invisible pour les yeux.

Antoine de Saint-Exupéry

Pour Michel, Carole-Anne et Gabrielle
qui jamais ne se plaignent
de devoir me partager avec du papier !

Et pour mes parents, bien sûr…

Chapitre 1

Bercée par le roulis régulier du train, Véronique regarde défiler ce paysage familier qui, elle le sait, se métamorphosera bientôt sous ses yeux. La jeune fille s'apprête à quitter son Québec natal pour un Ontario encore inconnu, mais pourtant irrésistiblement attirant.

— J'ai hâte, j'ai hâte, j'ai hâte ! scande-t-elle tout bas en replaçant machinalement derrière son oreille une mèche de cheveux bruns échappée de son élastique.

La fièvre du changement s'était insinuée en elle à Pâques, devant les récits enflammés de son cousin, qui revenait lui-même d'un périple dans la province voisine. Plus elle l'écoutait, plus Véronique devinait qu'un voyage du genre la tirerait de sa petite déprime des dernières semaines. Il faut dire que la seule idée de retourner gagner un salaire de misère comme aide-cuisinière suffisait à la faire frissonner d'effroi…

La tête appuyée contre la fenêtre, elle songe au chemin parcouru pour en arriver là… Au début, elle déchiffrait les petites annonces chaque jour, sur Internet, pour dénicher un emploi intéressant. En vain. Elle s'était finalement décidée à consulter ses parents. Prenant son courage à deux mains, elle leur avait exposé son envie d'aller travailler en Ontario. Devançant leurs hésitations, elle leur avait défilé tout un chapelet d'arguments préparés avec soin. Mieux valait mettre toutes les chances de son côté. Connaissant leur penchant « mère poule », elle savait que si elle se montrait un tant soit peu indécise, ils préféreraient qu'elle ne parte pas. Pour son propre bien, elle en était certaine, mais elle avait tellement envie d'y aller qu'il fallait qu'elle se montre plus que sûre d'elle.

— Mais qu'y ferais-tu? avait demandé sa mère après son discours embrasé.

— Je ne sais pas, maman… Une chose est sûre: je veux dénicher mieux que mon emploi de l'été dernier. Tu te souviens comme tu trouvais que je faisais pitié, à transpirer dans les cuisines surchauffées du restaurant ! J'aimerais joindre l'utile à l'agréable : gagner de l'argent et pratiquer un peu mon anglais dans un milieu motivant, plutôt que de passer l'été coincée entre une friteuse et une plaque de cuisson.

— Je ne sais pas… C'est long, deux mois. Tu ne t'ennuierais pas ?

— Peut-être, mais je suis prête à risquer le coup. Penses-y ! C'est un avantage pour toi et papa : aucune chicane à endurer entre Florence et moi pendant ce temps-là !

Sa mère avait souri : c'était presque gagné !

— À quel type d'emploi penses-tu ? Où habiterais-tu ? C'est compliqué, tu sais…

— J'ai pensé à tout ! J'aimerais aller dans une famille pour garder des enfants, mais le problème, c'est que plus je regarde sur Internet, plus je me dis que j'ignore sur quel genre de personnes je pourrais tomber. Qu'est-ce que je peux faire ?

Véronique s'était tue, attendant anxieusement une réponse. La sachant autonome, responsable et surtout tenace, ses parents n'avaient pu qu'accepter de l'aider dans ses démarches.

— J'ai un confrère de travail qui a de la famille en Ontario, avait dit son père. Je vais m'informer auprès de lui. J'aurais l'esprit plus tranquille de te savoir chez des gens que l'on connaîtrait au moins un peu, par personne interposée.

Elle partait donc travailler dans la famille du petit Max. En correspondant par courriel avec les Currie, sa famille d'accueil, Véronique avait appris que le couple s'était connu au Québec. La femme, Vanessa, parlait français tandis que son mari, Keith, et Max, né en Ontario, avaient besoin de le pratiquer ! Max surtout, qui en possédait les rudiments, mais avait peu l'occasion de s'en servir.

Assise dans le wagon, l'adolescente se réjouit de sa chance : sa tâche principale sera de prendre soin de Max, quatre ans, et de le faire parler le plus possible en français. Aucun travail ménager sauf garder en ordre sa propre chambre. Elle demeurerait chez les Currie au seul titre de baby-sitter. C'est ainsi que son rêve prend forme, en ce beau samedi de juin. Toute à la joie de son départ,

Véronique réalise à peine qu'elle ne reverra sa famille et ses amis qu'en août.

Retournant dans ses souvenirs, elle revoit la scène qui s'est déroulée un peu plus tôt sur le quai de la gare. Ses parents, sa sœur et sa meilleure amie, Isabelle, avaient tenu à l'y accompagner, lui faisant une multitude de recommandations. Sa mère surtout. Ah, les mères!!! Elle ne cessait de lui demander si elle avait emporté ci ou ça… Ses yeux brillaient de larmes bravement retenues que Véronique feignait de ne pas remarquer de peur de les voir se mettre à couler. Quant à son amie Isabelle, elle lui avait fait promettre de lui envoyer des courriels régulièrement:

— Décris-moi tout: surtout les beaux Ontariens que tu rencontreras, chanceuse!

— Il y en a déjà un qui m'attend impatiemment… il a quatre ans.

— Je ne pense pas que je vais m'ennuyer de ton sens de l'humour tordu. En attendant de trouver mieux, prends toujours ça. Tu sais ce qu'on dit sur le chocolat et ses propriétés aphrodisiaques…

Isabelle avait offert à son amie un petit sac cadeau rempli de boîtes de Smarties, la friandise préférée de Véronique. Cette délicate attention avait failli faire monter les larmes aux yeux de la voyageuse, même si, de son côté, la perspective de tout ce qui l'attendait atténuait les émotions du départ. Son sourire l'emportait largement sur les pleurs.

— Merci, Isa. Je vais penser à toi chaque fois que je prendrai une boîte !

Véronique entend encore les derniers mots de son amie :

— Je vais m'ennuyer, finalement, avait-elle dit simplement.

Elle sourit en contemplant le petit village de Laurier-Station traversé par le train. Des voitures attendent au passage à niveau. N'ayant aucune envie de lier conversation avec qui que ce soit, Véronique lit un peu, mais ne parvient pas à se concentrer sur sa lecture. Elle ferme les yeux, laissant le champ libre à ses préoccupations.

Je ne sais pas comment sera le petit Max… Ses parents lui ont-ils expliqué que j'arrive ? Va-t-il m'aimer ? J'espère que Madame Currie sera bien là à mon arrivée… Me parleront-ils en français ? Max comprendra-t-il mon anglais ?

Véronique sait que sa compréhension de la langue anglaise est plutôt bonne, bien que sa conversation soit hésitante. Elle sort d'un programme intensif suivi tout au long de son secondaire et ne s'inquiète pas outre mesure. Néanmoins, elle décide de tromper l'attente en préparant quelques phrases utiles pour son arrivée.

Le train entre en gare vers dix-sept heures. Ramassant son sac de voyage, Véronique descend du wagon et se faufile entre les voyageurs affairés, le cœur battant la chamade. Alors qu'elle scrute les gens présents sur le quai, une femme d'environ trente-cinq ou quarante ans, à l'allure dynamique, l'aborde en souriant.

— Véronique Saint-Louis? demande-t-elle en français.

— Oui! C'est moi!

Quel soulagement! Malgré elle, Véronique avait craint de ne pas être accueillie, que Madame Currie ait été retenue ou qu'elle l'ait oubliée, tout simplement.

— Bonjour et bienvenue, dit son hôtesse d'un ton engageant en lui serrant la main.

Madame Currie, femme menue sous une masse de cheveux bruns, lui prend son sac et l'entraîne plus loin, où son mari et Max attendent. Quel contraste! Keith, le père de Max, est blond comme les blés et doit

17

mesurer près d'un mètre quatre-vingt-dix ! Le garçon, qui tient davantage de sa mère, semble plutôt petit pour son âge. Des cheveux bruns très foncés encadrent son visage intelligent et vif. Il tient à la main une photographie de Véronique, imprimée sur une feuille blanche, qu'elle leur avait fait parvenir par courriel. S'agenouillant devant lui, la jeune fille prononce quelques mots dans son meilleur anglais.

— *Hi Max ! It is nice to meet you !*

Le petit répond en français, visiblement fier de lui :

— Tu joues avec moi, cet été ?

Puis, la comparant avec la photo, il ajoute :

— Tes cheveux sont *longer* !

— Plus longs, corrige Madame Currie en souriant.

Tout le monde rit, y compris Véronique, qui se détend maintenant que la glace est brisée. Elle se relève alors que Monsieur Currie lui propose d'aller avec elle récupérer le reste de ses bagages. Dans un français presque parfait, il s'informe de son voyage. Véronique, se sentant obligée de faire elle aussi un effort, lui répond en anglais.

— Wow! s'exclame Monsieur Currie. Tu t'exprimes bien!

— Merci.

— Mais tu sais, Véronique, comme je dois pratiquer mon français, j'aimerais beaucoup que tu me parles dans ta langue, si ça ne te dérange pas, *of course*. De toute façon, tu auras plusieurs autres occasions de parler anglais pendant ton séjour. Si tu veux, dit-il en riant, tu pourras me montrer quelques expressions québécoises!

Pour célébrer son arrivée, les Currie emmènent Véronique souper au restaurant. Là, elle en apprend un peu plus sur la famille. D'abord, ils lui demandent de les appeler par leurs prénoms: Keith et Vanessa. Cette dernière, bien qu'en Ontario depuis maintenant sept ans, est née au Québec et elle compte également profiter de la présence de Véronique pour parler français:

— À la maison, nous parlons de moins en moins en anglais, Keith et moi; il veut perfectionner son français. J'essaie de faire de même avec les enfants, mais j'avoue que j'y arrive moins bien.

— Vous avez d'autres enfants? s'étonne Véronique.

Elle ne m'a parlé que d'un enfant pourtant!

Comme s'il avait lu dans ses pensées, Max annonce:

— Thierry est resté à la maison. Il a pas voulu venir.

— C'est notre autre fils, dit lentement Keith, jetant un coup d'œil à sa femme, qui garde les yeux baissés sur son assiette. Thierry a eu un accident l'an dernier et il ne sort plus beaucoup...

Keith regarde Véronique d'un air presque suppliant, comme pour lui enjoindre de ne pas demander plus de détails pour l'instant. Elle sent l'atmosphère s'alourdir et se contente donc de poser une question anodine.

— Thierry, c'est un nom francophone, non?

Vanessa relève la tête alors qu'une lueur de soulagement apparaît dans les yeux de son mari.

— En effet! confirme-t-elle. J'ai toujours aimé ce prénom! Thierry est né au Québec, il faut dire.

Il semble bien que je ne saurai rien de plus ce soir sur cet accident. Pourtant, je devine un malaise... Je suppose que s'ils avaient jugé utile de m'informer de quelque détail, ils l'auraient déjà fait. Je me demande quel âge a Thierry. Max dit qu'il n'a pas voulu venir. Il est donc plus vieux que lui et quand même assez autonome, malgré les répercussions de son accident, pour rester seul à la maison tout ce temps-là. C'est franchement bizarre.

Pendant le reste du repas, Véronique a la tête ailleurs. Une avalanche de questions traverse son esprit. Outre l'âge de Thierry, elle se demande de quel genre d'accident il a pu être victime. Est-il atteint physiquement ou n'a-t-il que des séquelles psychologiques ? Pourquoi ne sort-il plus ? Peut-être est-il défiguré et répugne-t-il à se montrer en public ? Ou alors se déplace-t-il en fauteuil roulant ? Il se pourrait qu'il soit paralysé, amputé…

Véronique essaie tant bien que mal de camoufler ses états d'âme et de soutenir la conversation, mais elle est de plus en plus songeuse. Il lui tarde d'arriver chez les Currie, de connaître ce Thierry et de percer le mystère qui l'entoure.

Confortablement installée sur le siège arrière de la voiture, Véronique combat le sommeil. La fatigue générée par les émotions de la journée commence à gagner son corps. Dans la pénombre, elle bâille discrètement.

— Tu t'endors, Véronique ? remarque Max.

Tant pis pour la discrétion ! Il enchaîne aussitôt :

— *Look*, c'est ma maison, là ! Bleue et blanche ! Oh ! Maman, il y a de la lumière *upstairs* ! Tu crois que Thierry a encore oublié de *turn off* avant d'aller au lit ?

— C'est bien probable, Max, bien probable, répond tristement sa mère.

Bon ! Maintenant je sais que Thierry a peur du noir et qu'il se couche tôt. Il doit craindre terriblement l'obscurité pour garder la lumière allumée alors qu'il ne fait pas tout à fait nuit dehors.

Keith se stationne dans la cour pavée. Véronique jette un regard curieux autour d'elle tout en aidant à sortir ses bagages du coffre arrière. La maison des Currie est des plus chaleureuses avec ses boîtes à fleurs fournies qui garnissent chacune des fenêtres de la façade, même celles du second étage. En entrant, Véronique songe que Vanessa doit avoir le pouce vert puisque des plantes vertes sont suspendues çà et là dans la cuisine. La maison semble immense! En tout cas, beaucoup plus grande que le bungalow de ses parents à Québec. Vanessa et Max la guident à l'étage.

— Je te ferai visiter la maison demain. Tu dois être fatiguée. Pour l'instant, je vais te montrer ta chambre et la salle de bain.

La lumière qui filtre sous une porte fermée retient l'attention de la jeune fille alors qu'elle passe devant. Max, qui ferme la marche, ouvre et plonge son regard à l'intérieur de la pièce.

— Thierry est couché, annonce-t-il à mi-voix.

Puis il referme la porte après avoir éteint la lampe de chevet.

Zut! Je n'ai pas eu le temps de voir.

— Ici, Véronique, c'est ta chambre, dit Vanessa, la tirant de ses pensées.

Elle a ouvert la porte qui se trouve juste en face de celle de Thierry.

— Moi, je dors à côté! Viens!

Avant qu'elle ait pu regarder sa propre chambre, Max entraîne Véronique dans la sienne et entreprend de lui montrer ses toutous. Excité, il grimpe ensuite sur son lit et se met à sauter. Sa mère s'avance dans la pièce.

— Max, ne saute pas sur ton matelas : sois gentil avec lui, il ne t'a rien fait !

Puis elle dit tout bas à Véronique :

— C'est un truc avec lui, il adore qu'on prête des sentiments aux objets. C'est parfois le seul moyen de sauver les meubles !

Couvrant le ricanement de Véronique, Vanessa s'adresse à son fils :

— Laisse respirer Véronique un peu. Tu lui montreras tous tes jouets demain. Ce soir, elle est fatiguée. Et calme-toi, s'il te plaît, tu vas réveiller ton frère.

De retour dans sa chambre, la jeune fille contemple les murs jaunes agrémentés d'une décoration vert lime. Ces couleurs ensoleillées confèrent un air de gaieté à la pièce.

— J'adore ça ! s'exclame-t-elle en entrant. C'est si lumineux !

— Tant mieux si ça te plaît. Et ne te gêne pas pour afficher quoi que ce soit. J'ai mis de la gomme adhésive dans le tiroir de la table de chevet.

— Merci ! C'est gentil d'y avoir pensé !

— Encore une chose : demain, tu peux faire ce que tu veux de ta journée. Dors aussi tard que tu le désireras. Ça te reposera de ton voyage. C'est dimanche et nous sommes à la maison. Tu seras en congé les fins de semaine !

— Vous êtes fantastique, Vanessa ! Je sens que je vais beaucoup me plaire ici !

— « Tu ». Tutoie-moi ! La salle de bain est au bout du couloir. Il y a des serviettes propres sur le comptoir. Viens, Max.

Enfin seule, Véronique se laisse tomber mollement sur son lit. Fermant les yeux un moment, elle savoure son bonheur.

Tout est merveilleux ! Si mes parents me voyaient !

Le mot « parents » la fait sursauter. Elle avait promis de les appeler dès son arrivée ! Elle se lève et sort dans le corridor. La porte de la chambre de Thierry, toujours fermée, lui rappelle l'existence de cet autre membre de la famille Currie. Elle reste immobile sur le palier à combattre l'envie insensée qui la prend d'ouvrir la porte.

Ça ne se fait pas. Je suis trop curieuse. Je le verrai demain.

Dans la cuisine, Keith et Vanessa ne manifestent aucune surprise à son irruption. Ils acquiescent immédiatement à sa demande en lui tendant un téléphone sans fil.

— Viens avec moi au salon. Tu y seras plus tranquille.

Vanessa ouvre d'imposantes portes françaises. Une grande pièce aux couleurs chaudes se dessine. La femme entre et allume une lampe torchère, révélant une salle confortable, garnie de fauteuils invitants. Télévision et chaîne stéréo voisinent avec des disques et des livres dans une bibliothèque en bois. Dans un coin, un piano droit est appuyé contre le mur.

— Prends ton temps. Si tes parents veulent me glisser un mot, je serai dans la cuisine. Tu peux refermer les portes si tu préfères.

— Non, merci. Ça va aller.

En quelques mots enthousiastes, Véronique relate rapidement son voyage et son arrivée à ses parents. Elle les rassure, leur parle des Currie qui sont sympathiques, de Max qui est attachant et de sa chambre ensoleillée. Après avoir raccroché, elle se rend compte qu'elle n'a rien dit concernant Thierry.

C'est de moindre importance, après tout. De toute façon, je ne sais rien. Il fallait surtout que je rassure maman, qu'elle sache que je suis arrivée sans encombre. Quand j'aurai démêlé cette histoire, je leur en parlerai !

▲ ▼ ▲

Véronique s'éveille vers neuf heures, bien reposée. Prêtant l'oreille aux bruits de la maison, elle entend Max jouer dans sa chambre. Enfilant un peignoir par-dessus sa légère chemise de nuit, elle rejoint le petit. Le visage de ce dernier s'éclaire quand il la voit.

— Véronique ! *You are awake !* Tu viens manger avec moi ?

— Bien sûr que je vais manger avec toi ! Est-ce que tes parents sont réveillés ?

Elle insiste sur le dernier mot, puis le répète en détachant ses syllabes :

— Ré-veil-lé, c'est le mot pour *awake*.

— Non ! C'est dimanche ! Ils dorment. Thierry *is up*, je l'ai entendu descendre.

Yes ! *Je vais enfin voir le fameux Thierry !*

— Je… *eat breakfast ?*

27

Max lève vers elle des yeux interrogateurs. Véronique s'empresse de répondre à la question muette :

— Déjeune, traduit-elle en souriant, conquise par l'accent du bambin.

— Merci. Je dé… dé-jeu-ne souvent avec lui, mais aujourd'hui, je voulais t'attendre !

Le petit lui prend la main pour descendre l'escalier. Arrivée à la cuisine, Véronique, déçue, constate que Thierry brille par son absence. Il y est cependant passé : une assiette et un verre sales reposent près de l'évier.

— Ton frère n'est pas là.

— Il *must be* au salon.

Il y a quelqu'un quelque part qui a décidé de mettre ma patience à l'épreuve !

Après avoir déjeuné et rangé les couverts dans le lave-vaisselle, Véronique remonte avec Max pour l'aider à s'habiller. Elle achève quand Keith et Vanessa se lèvent. Le premier s'engouffre dans la salle de bain tandis que sa femme s'appuie au cadre de la porte, en réprimant un bâillement.

— Je croyais que tu allais dormir tard ! Mon petit monstre ne t'a pas réveillée, au moins ?

— Non ! Rassurez-vous. Rassure-toi ! se reprend Véronique devant l'index dressé de Vanessa. Il s'amusait tranquillement ici et je suis venue le rejoindre. Nous avons déjeuné ensemble.

— As-tu vu Thierry ?

— Non. Il était déjà levé, mais je ne l'ai pas croisé.

— Il est sûrement au salon. Il y passe ses journées depuis qu'il…

Juste au moment où Véronique allait en apprendre davantage, Keith fait irruption dans la pièce, soulève le *petit monstre* à bout de bras, le fait tournoyer dans les airs. Ensuite, la conversation dévie tout naturellement et personne ne reparle de Thierry. Les Currie descendent déjeuner et Véronique reste sur sa faim.

Seule dans sa chambre, la jeune fille défait ses bagages avec entrain. Trouver une place pour chaque chose l'occupe pendant une bonne heure. Quand elle a fini, elle prend une des boîtes de Smarties qu'Isabelle lui a données. Un rituel établi dans son enfance a toujours cours : il consiste à choisir une couleur qu'elle garde pour la fin. Bien qu'enfantin, Véronique s'adonne à ce procédé avec rigueur à chaque nouvelle boîte. Cela fait partie du plaisir qu'elle retire à les manger. Smarties à la main, elle descend donc l'escalier avec, cette fois, la ferme intention de faire connaissance avec Thierry au salon.

Je suis prête à tout !

Elle passe la porte.

Chapitre 2

À la lumière du jour, le salon paraît différent de la veille au soir, alors que Véronique donnait son coup de fil à ses parents. Il baigne maintenant dans les rayons du soleil qui pénètrent largement par une grande fenêtre qu'elle n'avait pas remarquée jusque-là.

Véronique allait se rappeler à jamais ce premier contact avec Thierry…

Assis au creux d'un divan de velours beige, les yeux fermés, il écoute vraisemblablement de la musique avec un lecteur de disques compacts portatif. Comme il a des écouteurs, il n'entend pas la jeune fille s'approcher. Elle peut voir la pochette du disque sur une table basse devant lui: Blink 182, un groupe qu'elle affectionne aussi.

Profitant de la situation, elle prend le temps de l'observer. Thierry semble avoir environ le même âge qu'elle, ce qui la surprend. Plutôt grand, il lui paraît être en bonne santé, quoiqu'un peu pâle.

C'est peut-être dû à son teint blond et au fait qu'il ne sort pas beaucoup. Il a tous ses membres et est loin d'être défiguré ! Plutôt mignon, même. Tiens, une première description pour Isa ? Aucun fauteuil roulant à proximité. Il doit donc avoir des troubles psychologiques…

Ne sachant trop comment l'aborder sans le faire sursauter, Véronique avance encore un peu vers lui. Absorbée dans sa séance d'observation, elle ne voit pas le livre d'enfant oublié par terre. Posant le pied dessus, elle glisse et pousse un petit cri, mais retrouve son équilibre de justesse.

Et moi qui voulais faire bonne impression ! C'est réussi !

Elle ramasse promptement le livre, le regard toujours posé sur Thierry dont les paupières s'ouvrent sur des yeux bleu-gris qui surprennent Véronique par leur froideur.

Courage, Véro! Il ne va pas te manger!

Elle s'assoit près de lui, sa boîte de Smarties sur les genoux, et agite le livre.

— *Hi!* dit-elle d'une voix qu'elle veut normale. Excuse-moi si je t'ai fait peur, mais j'ai glissé là-dessus.

Elle dépose l'album illustré sur la petite table et prend un premier bonbon. Vert.

— Salut, répond le garçon sans même lui jeter un coup d'œil. Es-tu Véronique?

— Oui! On ne peut rien te cacher!

Son français est très bon, presque sans accent. Elle lui en fait le compliment.

— J'ai habité au Québec jusqu'à l'âge de douze ans, explique Thierry avant de se refermer comme une huître.

Pour éviter un silence gênant, l'adolescente mentionne qu'elle aime bien Blink 182, elle aussi. Il acquiesce sans rien dire. Elle prend d'autres Smarties et lui en offre. Tout en versant une petite quantité de friandises dans la main tendue de Thierry, elle continue de babiller:

— Je sais qu'il est tôt pour des bonbons, mais j'adore les Smarties et j'en mange souvent. Je garde toujours une couleur pour la fin ; aujourd'hui, c'est les jaunes ! Veux-tu aussi garder les tiens ?

Je suis idiote de lui raconter ça ! Il va me prendre pour un bébé, c'est sûr !

— Heu… les jaunes, bafouille Thierry. C'est que…

Il tient les Smarties dans sa main grande ouverte et les regarde fixement. Puis, sans prévenir, il les balance à bout de bras sur le plancher, visiblement en colère. Surprise, Véronique émet un cri qu'elle étouffe d'une main.

Bon. Ça y est, je suis fixée : c'est bien psychologique, son problème. J'ai hâte de raconter ça à Isa…

— Qu'est-ce qu'il y a ? demande-t-elle doucement, craignant une autre crise. Tu ne les aimes pas, tes Smarties ? Tu peux les manger en premier, les jaunes ! Faut pas virer fou avec ça !

Triple idiote. Ce n'est pas le temps de faire ce genre d'humour… Encore une fois, j'ai raté une bonne occasion de me taire.

Thierry ne réplique pas. Soudainement très calme, il garde la tête penchée, ce qui exaspère Véronique qui aime bien décoder les expressions.

— Tu veux que je te laisse seul ? propose-t-elle, tentant de garder son sang-froid.

— Pour ce que ça changerait… répond énigmatiquement le jeune homme en évitant visiblement de croiser son regard.

Toujours aussi impulsive, Véronique lui lance, frustrée :

— Dis, tu ne pourrais pas me regarder quand je te parle ?

Il lève la tête vers elle et dit rageusement :

— Te regarder ? C'est ce que tu veux ? D'accord, je vais le faire !

À la stupéfaction grandissante de Véronique, il élève ses mains jusqu'à sa figure et les promène sur son visage, en découvrant l'apparence au toucher. Clouée sur son siège, le souffle coupé et le cœur battant à tout rompre, Véronique réalise enfin que Thierry est aveugle.

Est-ce que ça se dit : quadruple idiote ?

Une vague de tristesse submerge alors la jeune fille. Elle s'en veut horriblement d'avoir crié après Thierry. D'un élan spontané, elle prend entre les siennes les mains du garçon qui, surpris par son geste, se raidit.

— Excuse-moi ! Je ne savais pas ! Personne ne m'avait mise au courant pour ta cécité !

Brusquement, il retire ses mains, lui tourne le dos et se replie sur lui-même dans le coin du fauteuil. Déroutée, confuse, Véronique ignore quel comportement adopter.

Quelle gaffeuse monumentale je fais ! Mais comment j'aurais pu deviner qu'il souffrait d'un handicap visuel ? Je comprends maintenant ! Il accepte mal son état, persiste à allumer les lumières sur son passage et oublie ensuite de les éteindre. Avec moi aussi, il a voulu agir comme si de rien n'était et moi, merveille des merveilles, je lui demande de garder les jaunes pour la fin…

— Je suis vraiment nulle, murmure-t-elle en se recroquevillant à l'autre bout du divan.

Thierry tend alors la main vers son lecteur et l'ouvre pour en retirer le disque. Heureuse de cette diversion, Véronique s'empresse de lui demander :

— Tu veux que je le range dans sa pochette ?

— Non ! refuse le jeune homme d'un ton hargneux. J'en suis parfaitement capable, merci !

Et une autre gaffe !

Cette fois, Véronique en a les larmes aux yeux. Pour se donner une contenance, elle se penche et ramasse les Smarties qui jonchent le plancher de bois. Certains ont roulé à l'autre bout de la pièce. Tout en se promenant à quatre pattes, elle réfléchit.

Il est hors de question que je quitte le salon en étant en aussi mauvais termes avec Thierry… Je me vois mal passer l'été à marcher sur des œufs. Mais comment faire pour améliorer la situation ? Maladroite comme je suis, je vais juste empirer les choses si je ne prends pas le temps de réfléchir… Ah, Isa ! J'aurais bien besoin de tes conseils !

Refoulant ses larmes, Véronique s'attarde volontairement pour cueillir les derniers bonbons, cherchant une idée. Tandis que Thierry se lève pour aller déposer sa pochette de CD avec d'autres, sur une étagère de la bibliothèque, elle se demande comment il arrive à les distinguer, mais n'ose pas le lui demander. Lorsqu'il revient, il s'arrête près de la jeune fille, toujours agenouillée. Elle ne lui voit que les pieds.

— Il y en a deux à gauche, lui dit-elle d'un ton sans émotion.

En demandant à Thierry de l'aider, Véronique espère qu'il saisira le message : elle a compris qu'il pouvait agir comme tout le monde. Contre toute attente, il se montre récalcitrant, quoique perspicace :

— Ça n'irait pas plus vite si tu les ramassais seule ?

— Peut-être, répond-elle du tac au tac, mais comme c'est toi qui les as lancés, il me semblerait normal que tu m'aides un peu !

Il s'agenouille à son tour et sourit légèrement :

— Un-zéro pour toi, mais tu ne perds rien pour attendre.

Thierry tâtonne dans la direction indiquée et trouve les deux Smarties.

— Il y en a un autre devant toi, à trente centimètres environ.

— N'est-ce pas plus près de toi que de moi ? demande-t-il avec un soupçon dans la voix, néanmoins rieuse.

— Peut-être, mais j'ai les mains pleines.

— Impossible ! déclare-t-il. Je ne suis pas dupe !

Ce disant, il balaie le plancher de sa main droite et ramasse le dernier bonbon.

— Deux à zéro ! le nargue-t-elle en riant.

Il est bon joueur et il a le sens de l'humour. Après tout, ce ne sera peut-être pas si difficile de le rendre aimable.

Maintenant debout, Thierry lui tend la main contenant les trois friandises recueillies :

— On peut les manger : c'est très propre ici.

Véronique les prend et sursaute quand il proteste :

— Hé ! Est-ce qu'ils sont jaunes ?

— N... non.

— Redonne-les-moi, alors. Ce sont les miens ! Je tendais la main pour en avoir d'autres. Sauf les jaunes, évidemment.

— Oh pardon ! Est-ce que je perds un point pour ça ? demande-t-elle, taquine.

— Non ! Je me sens généreux aujourd'hui. Tu as seulement une punition.

— Une punition ! Laquelle ?

— C'est moi qui mangerai les jaunes à la fin !

— Bon. Je suppose que je le mérite…

Les deux adolescents vont se rasseoir sur le divan, chacun adossé contre un accoudoir, les jambes repliées. Pendant qu'elle mange, Véronique a une question qui lui brûle les lèvres, mais qu'elle hésite à poser de peur que Thierry réagisse mal encore une fois. Finalement, elle décide de se risquer – si lui se sent généreux, elle se sent téméraire :

— Thierry ?

— Oui ?

— Je me demandais si tu voulais me raconter comment tu as perdu la vue…

Elle ajoute précipitamment :

— C'est que tes parents ne se sont pas avancés. Ils ont seulement dit que tu avais eu un accident l'an passé. Et j'aimerais mieux que ce soit toi qui m'expliques.

Nouant ses mains sur ses genoux, Thierry parle doucement en gardant ses yeux fixés sur Véronique, comme s'il pouvait la voir.

— Un accident tout ce qu'il y a de plus bête…

Le ton qu'il adopte est si bas que Véronique doit se rapprocher de lui pour ne rien perdre de ses paroles. Thierry demeure un instant silencieux, puis continue :

— C'était l'été dernier, en juillet… Je nageais dans la piscine, derrière la maison, quand j'ai entendu le téléphone sonner. Comme j'étais seul ici, il fallait que j'aille répondre…

Pause. Tout essoufflé, même s'il parle lentement, il reprend d'une voix à peine audible.

— Je me suis dépêché de sortir de l'eau… J'ai couru sur le patio de bois… J'ai glissé et j'ai perdu l'équilibre… Je suis tombé par en arrière sans avoir pu m'agripper à quoi que ce soit… Puis ma tête a heurté un pot de fleurs en grès…

Lorsqu'il entend des pas venant vers eux, Thierry interrompt son récit. Et se referme.

▲▼▲

Vanessa a vite laissé le journal à son mari, car elle ne parvenait pas à se concentrer sur sa lecture. Tout en s'affairant à ranger la vaisselle du repas, elle pense à son fils aîné.

Je suis aussi marquée que lui. Je n'ai même pas pu parler de tout ça avec Véronique… Il faut dire que je commence à peine à réaliser que je n'ai pas à m'en vouloir pour ce qui est arrivé. C'était un accident. Un accident malheureux, mais un accident tout de même. Il nous faut maintenant apprendre à vivre avec les conséquences. Surtout Thierry… mais je ne sais plus quoi faire pour l'amener à surmonter ça. J'ai tout essayé. Les psychologues disent qu'il va éventuellement sortir de sa torpeur, mais j'ai si peur qu'«éventuellement», ce ne soit jamais! Et Keith qui s'inquiète autant que moi, sinon plus. Il lui arrive encore trop souvent de se réveiller en nage en plein milieu de la nuit… Quel gâchis! Qui sait, peut-être qu'en parlant français avec Véronique, Thierry retrouvera le goût d'apprendre…

Keith ayant terminé sa lecture, Vanessa s'empare du journal pour aller le ranger au salon. De loin, elle voit son fils et Véronique debout, en pleine conversation. L'image est tellement inhabituelle qu'elle en reste figée, retient son souffle. Après un an à se terrer, à ne parler à personne, voilà Thierry qui sourit ! Le cœur de Vanessa bondit de gratitude, de soulagement. La gorge serrée par l'émotion, elle observe les deux adolescents tandis qu'ils vont s'asseoir.

Profitant de ce qu'ils font un peu de bruit, elle s'avance subrepticement. Bien qu'elle se sente légèrement coupable de les épier ainsi, elle écoute leur conversation afin de s'assurer que les choses se déroulent bien pour son fils. Après tout, elle ne connaît pas beaucoup Véronique... S'il fallait que la jeune fille soit mal à l'aise devant le handicap de Thierry, dont elle n'a pas été prévenue... Si elle laissait échapper une remarque blessante... Ce que Vanessa entend a vite fait de la rassurer... et de lui scier les jambes. Thierry raconte son accident ! Jusqu'ici, il n'a voulu en parler à personne. Jamais.

Bouleversée, Vanessa retourne sur ses pas. S'adossant au mur, elle tente de retrouver ses esprits, donnant ainsi la chance à Thierry de parler un peu.

Qu'est-ce que je dois faire ? Je sais pourtant que je devrais le laisser discuter avec Véronique ; il y a si longtemps que j'attends qu'il se décide à aborder le sujet. Mais, d'un autre côté, je ne la connais pas, j'ignore si elle saura l'écouter comme il faut, si elle est de bon conseil… J'aurais préféré qu'il s'ouvre d'abord à quelqu'un qu'il connaît bien… ça m'aurait rassurée… Ça fait déjà quelques minutes qu'ils parlent ensemble, peut-être que, pour une première fois, c'est assez? Je pourrais jeter un petit coup d'œil… Ah et puis je me fiche de passer pour une mère poule!

Résolue, elle se dirige vers le salon en faisant juste assez de bruit pour permettre à son fils de s'interrompre s'il le désire. Elle les salue tous les deux comme s'il était tout à fait normal de les trouver là, en grande discussion.

— Je vois que vous avez fait connaissance! Keith, Max et moi allons nous promener. Voulez-vous venir?

— Non, non, s'empresse de répondre Thierry, agacé.

Il ajoute ensuite, plus doucement:

— Mais vas-y, Véronique, si tu veux.

— Je vais rester ici, si je ne te dérange pas.

— Bien sûr que non.

— À tantôt alors ! lance Vanessa, rassurée, en quittant la pièce.

Je me suis inquiétée pour rien, encore… mais c'est tellement soudain comme changement. Nous avons passé des mois à essayer de briser la coquille de Thierry et là, une inconnue entre en scène et crac ! Même si je sais que c'est ridicule, je crois que je suis un peu jalouse… Je devrais plutôt être contente… Qu'est-ce que je dis là, je suis contente…

Demeurée seule avec Thierry, Véronique espère qu'il va continuer son histoire. Dès qu'il entend sa mère s'éloigner, il semble se détendre un peu et poursuit, à la satisfaction de la jeune fille :

— J'ai repris conscience au même endroit. J'ignore combien de temps je suis resté étendu sur le plancher… Ma tête et mon cou élançaient comme tu ne peux pas t'imaginer… En ouvrant les yeux, j'ai constaté que je ne voyais rien. J'ai d'abord pensé que j'étais simplement étourdi, alors je me suis assis par terre. J'ai tout essayé : me masser le cou, me frotter les yeux, les refermer, respirer, frotter encore… Ma vue tardait toujours à revenir. En levant la tête vers le soleil, je sentais les rayons sur ma peau, mais aucune lueur… Alors j'ai paniqué.

C'est avec une voix tremblante mais déterminée qu'il narre la suite.

— Je vivais dans un cauchemar… Je marchais à quatre pattes sur le patio, sans même être sûr d'aller dans la bonne direction. Il me semblait que j'avais franchi des kilomètres quand j'ai enfin atteint la porte de la maison, soulagé. Curieusement, tout le temps que j'avançais dehors, j'avais l'impression qu'une fois à l'intérieur, les choses se replaceraient…

Véronique, abasourdie, l'écoute sans bouger, presque sans respirer, comme engourdie. Elle essaie de s'imaginer ce que cela a dû être pour lui. Qu'un événement aussi horrible soit arrivé la sidère.

Thierry termine son récit, les yeux brillants de larmes :

— Quand j'ai constaté que je ne voyais rien en dedans non plus, je me suis découragé et j'ai commencé à pleurer. J'avais besoin de quelqu'un pour me rassurer, m'expliquer ce qui arrivait, mais il n'y avait personne. Mes parents étaient partis en vélo avec Max ; je ne pouvais même pas les appeler. Mon mal de tête a repris de plus belle et je me suis senti glisser sur le sol... J'ai perdu connaissance là, dans la cuisine.

Des sanglots lui coupent la voix. Il pose sa tête sur ses genoux. Véronique essuie ses propres joues, ruisselantes de larmes, d'un revers de main. Avec sa spontanéité coutumière, elle prend le garçon par les épaules pour le réconforter, puis appuie sa tête contre la sienne. Après de longues minutes, Thierry pleure toujours, mais plus doucement. La jeune fille se redresse enfin et lui caresse les cheveux, comme elle le ferait pour consoler un enfant. Réalisant soudain le degré d'intimité de son geste, elle s'arrête, un peu gênée. Thierry lève la tête, le visage ruisselant de larmes. Il soupire et, de temps à autre, tout son corps est secoué de spasmes. Quand il lui semble apaisé, Véronique se lève. Il la retient vivement, tendant une main avide vers elle.

— Où tu vas ?

— Chercher des mouchoirs. Attends.

Elle revient avec une boîte trouvée dans la salle de bain.

— Je suis gêné de pleurer comme ça, avoue Thierry.

— J'en ai fait autant, tu sais.

— Désolé de t'avoir fait pleurer deux fois en si peu de temps.

Elle fronce les sourcils :

— Comment tu sais, pour l'autre fois ?

— Je t'ai entendue renifler. C'est pour ça que je me suis dit que je devais essayer d'être plus indulgent avec toi. Une fille qui pleure…

Il lève les mains, paumes vers le haut, en signe d'impuissance :

— Bref, excuse-moi si je t'ai embêtée.

— Tu veux rire ! Au contraire ! Je suis contente que tu m'aies fait assez confiance pour me raconter ton accident. Ça ne doit pas être facile pour toi…

— C'est la première fois que j'en parle. Ce n'est pas parce qu'ils n'ont pas essayé… Au début, maman m'a traîné à des séances de thérapie de groupe, à l'hôpital. Je ne voulais rien savoir… C'est assez facile de se couper du monde quand tu ne vois rien ; je n'avais qu'à me forcer à penser à autre chose pendant que les autres discutaient. Je n'ai jamais ouvert la bouche. Pas une fois. Depuis plusieurs mois, je vois un psychologue chaque semaine. Il m'aide à affronter les difficultés quotidiennes, mais jamais je ne lui ai raconté l'accident.

— Pourquoi ne pouvais-tu pas en parler ?

— Toi, tu comprends ! Tu as dit *pouvais*, pas *voulais*. C'est exactement ça, je ne *pouvais* pas. Le docteur Adams, mon psy, a raison : il me dit toujours qu'un jour je pourrai et que ça viendra quand je ne m'y attendrai pas. Il est en vacances pour un mois. Il va être content d'apprendre ça à son retour !

— Et pourquoi la chute t'a-t-elle fait perdre la vue ? Est-ce que c'est temporaire ?

— La région de mon cerveau spécifique à la vue est sérieusement endommagée. Irréparable, qu'on m'a dit.

— Ce n'est pas opérable ?

— Non. Aucune chance. Je ne reverrai jamais.

Sa voix devient tranchante :

— Mes parents le savent, tout le monde le sait. Ils attendent tous que je devienne un parfait petit aveugle, que j'apprenne le braille et que je me déplace avec une canne blanche ou un chien-guide. Mais je ne veux pas.

Il va pourtant falloir… pense l'adolescente.

Au souper, Véronique passe son temps à regarder agir Thierry. Il essaie de tout faire sans aide, exactement comme s'il voyait. Jamais il ne demande qu'on lui passe le ketchup. Il patiente jusqu'à ce que quelqu'un s'en serve, repère l'endroit où on le dépose, puis s'empresse d'aller le chercher, presque sans hésitation. Mais le plus impressionnant, c'est le moyen qu'il emploie pour se servir du lait. Il attend d'abord de repérer le pichet, puis se verse à boire en s'arrangeant pour que son index soit replié à l'intérieur du verre. Quand son doigt entre en contact avec le liquide, il arrête son mouvement, s'essuie discrètement sur une serviette de table et se remet à manger comme si de rien n'était.

Une fois couchée, Véronique réfléchit à tout cela, blottie sous les couvertures…

Le problème avec Thierry n'est pas tant qu'il n'accepte pas sa cécité, mais plutôt qu'il refuse d'être perçu comme différent par son entourage. Il ne veut pas que tout le monde le remarque. C'est peut-être de là que vient son refus de sortir ? songe-t-elle avant de s'endormir, épuisée.

▲▼▲

— Keith ? Dors-tu ?

— Pas encore… Qu'est-ce qu'il y a ? Un problème ? dit-il en se tournant vers Vanessa dans le lit.

— Non, du moins, je ne crois pas… Aujourd'hui, Thierry a raconté l'accident à Véronique.

D'une traite, elle relate l'épisode à son mari, qui en reste bouche bée.

— Tu vas avaler une mouche. Ferme ça, ordonne-t-elle en lui relevant le menton.

Keith est médusé.

— Ça alors ! Comment a-t-elle fait ? *He just met her !* C'est qui, cette fille ?

Il est sincèrement alarmé. C'est la différence entre lui et sa femme. Lui, monte aux barricades à la moindre alarme, s'interroge longuement sur tout, tandis qu'elle finit toujours par laisser sa chance au coureur, malgré le doute.

— J'ai appelé le bureau du docteur Adams pour parler à un psychologue de garde. Il m'a expliqué que pour les victimes de traumatismes, il est parfois plus facile de s'ouvrir à des personnes moins proches.

— Et les thérapies de groupe, alors ? Thierry n'y a jamais ouvert la bouche !

— Véronique doit, d'une façon ou d'une autre, avoir gagné sa confiance. C'est stupéfiant, non ? S'il peut se mettre à aller mieux, à accepter le matériel adapté, l'enseignement…

51

— *Be careful, honey...*

— Faire attention à quoi ?

— Je trouve que tu t'emballes un peu vite... Et si Véronique poussait trop Thierry à sortir ? Si elle insistait tellement que...

— Que quoi ? Mon Dieu que tu es peureux... Tu ne pourrais pas juste être content ? Qu'est-ce que tu veux dire par trop ?

— Je ne sais pas, moi... *You're right : I'm afraid.* Pour une fois que Thierry semble faire confiance à quelqu'un. *What if...* Qu'est-ce qui arrivera lorsque Véronique partira ? Est-ce qu'il va se refermer ? Est-ce qu'il va être capable de nous parler à nous, ses parents ? J'ai peur que cette amitié qui se dessine ne soit qu'un sursis... J'ai peur qu'il replonge encore plus creux après, s'il saute des étapes...

Vanessa soupire en se lovant contre son mari.

— Mais, Keith, il pourrait aussi se remettre à avoir une vie digne de ce nom... Je pensais même donner une journée de congé supplémentaire à Véronique.

— En plus de la fin de semaine ? Ce n'est pas assez, deux jours ?

— Penses-y un peu : elle passera peut-être ce temps-là avec Thierry. Si ça fait du bien à notre garçon, ça vaut la peine d'essayer. Comme tu as peur qu'il n'ait pas le temps de progresser suffisamment, aussi bien mettre toutes les chances de notre côté…

Keith réfléchit quelques secondes, puis se rallie finalement à sa femme :

— Tu as toujours les arguments pour me convaincre… Mais tu ne vas pas dire ça à Véronique, *I mean* ce qu'on souhaite qu'elle fasse ? D'un autre côté, elle va sûrement trouver ça bizarre d'avoir autant de *time off*…

— J'y ai pensé ! En échange, je vais lui demander de s'occuper de Max les samedis et dimanches matin jusqu'à ce qu'on soit levés. Je peux laisser passer la semaine avant de lui en parler, si tu préfères.

Elle sait que son mari a parfois besoin de temps pour se faire à ses idées…

— OK… Si ça ne te dérange pas de t'occuper de Max une journée pendant la semaine…

— Au contraire ! Même si on y a fait attention, on l'a un peu négligé depuis l'accident. Je vais enfin pouvoir lui accorder plus de temps. Je suis contente que tu sois d'accord, Keith ! Ne t'inquiète pas, je vais suivre les interventions de Véronique de près…

Chapitre 3

Véronique s'éveille fraîche et dispose. Comme chaque matin depuis une semaine, elle va d'abord voir si elle a reçu des courriels avant que Max se lève. Une petite enveloppe clignote dans le coin droit de l'écran : elle a un message !

À : Véro ; veroenontario@hotmail.com
De : Isa ; ti-bis@hotmail.com
Date : Le dimanche 8 juillet, 7h04
Objet : Vive les Smarties !

Salut Véro !
Wouah ! Je t'envie ! Ça n'arrête pas par chez vous : rebondissements par-dessus

rebondissements! En passant, tu ne m'as toujours pas dit de quoi il a l'air, ce fameux Thierry. Arrête de me faire languir! Tu vois, je savais que les Smarties te seraient utiles: avoue que c'est toute une entrée en matière! On va s'en souvenir de celle-là, hein? Là, j'exige que tu m'écrives souvent!!! Je veux TOUT savoir!!! Ici, c'est tellement plate sans toi; au moins, si tu m'écris, je pourrai suivre tes palpitantes aventures en terre inconnue! Aucun beau gars à signaler au travail... Le seul avantage à travailler au terrain de jeux, c'est d'être en congé les fins de semaine... J'espère en découvrir d'autres d'ici peu, sinon l'été risque d'être vraiment long...
Fais attention à toi, Véro, et écris-moi vite!

Isa xxx

Tout sourire, Véronique éteint l'ordinateur et monte au premier en courant, certaine d'avoir entendu Max gigoter dans la cuisine. Tout en versant un bol de céréales au petit, elle jette un coup d'œil vers la porte-fenêtre: le soleil brille, ses rayons se déversent sur le plancher de la cuisine, inondé de lumière.

— Max ! La journée sera magnifique ! Il faut qu'on en profite ! s'exclame-t-elle.

— Ma… gni… fique ?

— Magnifique, oui ! Je veux dire que ce sera beau et chaud ! Que voudrais-tu faire ?

Enfournant une pleine cuillerée de céréales dans sa minuscule bouche, le gamin dit, du lait sur le menton :

— J'aime qu'on va au parc *today*. Mes amis sont là. *I'm done !* ajoute-t-il en repoussant son bol.

— D'accord ! Nous irons au parc, mais prenons d'abord le temps de déjeuner ! Tu dois manger plus que ça pour aller jouer !

En aidant le petit à s'habiller, Véronique lui demande si ce serait une bonne idée d'inviter Thierry à les accompagner.

Max la regarde comme si elle venait de tomber du ciel.

— Thierry ? Au parc ? Il voudra pas ! Il va dehors *never*, sauf en voiture à ses… ses *appointments*… Papa et maman veut toujours le faire sortir et lui dit non, non, non.

— J'ai quand même envie de lui offrir de venir avec nous.

— Si tu veux. J'aime beaucoup qu'il vient, moi aussi, *but I bet he'll say no*.

— Tu paries qu'il va dire non ? On verra bien. Je réussis toujours à avoir ce que je veux ! On va le faire sortir, ton frère, tu vas voir !

Il se dégèle de plus en plus, le Thierry… Je vais sûrement arriver à le convaincre de nous accompagner. Ça ne doit pas être bien loin, ce parc…

Ils trouvent Thierry au salon qui fouille dans ses CD, tandis que sa mère fait la tournée des plantes, un arrosoir à la main.

— Vanessa, annonce Véronique, nous allons passer la matinée au parc, Max et moi, si ça ne te dérange pas.

— Pas de problème. Max connaît le trajet. Pourvu que vous reveniez pour dîner. Tu emporteras de quoi jouer dans le sable, Max.

— Thierry, ose alors demander la jeune fille, veux-tu venir avec nous ?

Elle a posé la question très rapidement et attend en se mordant la lèvre, car elle redoute une réponse négative.

— Moi ! ?

— Y a-t-il un autre Thierry dans la pièce ?

Un petit rire lui échappe. Véronique ne sait comment interpréter ce ricanement qui lui semble plutôt sarcastique.

— *So...* tu viens ? s'impatiente Max.

— Non...

— Thierry ! s'exclame sa mère, un brin de reproche dans la voix. Pourquoi ne les accompagnes-tu pas ? Ça te ferait du bien de sortir un peu ! Il y aura bientôt un an que tu n'as pas passé plus de deux minutes consécutives dehors.

— Et puis ? Je n'en suis pas mort, à ce que je sache !

— Non, mais tu en as l'air, tu es tout pâle ! réplique Véronique.

— Ça m'est égal : je ne me vois pas.

— Toi, non, lui accorde l'adolescente, mais moi, oui, et un peu de couleur ne te ferait pas de tort !

— Inutile d'insister, je n'irai pas.

— Pourquoi ?

— Je ne peux pas.

— Tu ne peux pas ou tu ne veux pas ?

— Tu es têtue ! Je ne peux pas, parce que je me suis fait une entorse à l'oreille.

Il porte la main à son lobe droit.

— Cette douleur rend impossible toute sortie ! Désolé.

— Très drôle, vraiment! lance sèchement Véronique avant de quitter la pièce en furie.

Comme pour elle-même, elle continue à murmurer:

— Je me force pour l'aider et il me répond par des âneries! Qu'il reste enfermé! Comme ça, il sera sûr de ne pas mourir d'une insolation!

Restée debout près de la fenêtre, Vanessa regarde Véronique sortir, impuissante. Son fils se laisse tomber dans un fauteuil sans rien ajouter, s'isolant comme d'habitude derrière ses écouteurs…

Qu'est-ce qui vient de se passer là? C'est bon signe ou non, ce match verbal? J'espère que Keith s'inquiète pour rien: Véronique pourrait-elle être trop insistante? Quels effets cela risque-t-il d'avoir sur Thierry? À quoi pense-t-il, la musique dans les oreilles? J'imagine que je n'ai qu'à être vigilante et patienter… De toute façon, je crois que ça lui sera bénéfique de se faire brasser un peu.

Alors que Véronique franchit la porte principale, une petite main vient se nicher dans la sienne.

— *Are you angry?*

— Fâchée? Mais non, Max, soupire-t-elle. Je suis seulement déçue. Je veux aider ton frère, mais il refuse de collaborer.

— C'est quoi, col-la-bo-rer?

— Ça veut dire que Thierry ne fait rien pour m'aider à l'aider. Tu comprends?

— Un peu… pas beaucoup.

— Ce n'est pas grave, lui assure Véronique. Peut-être que la prochaine fois, ton frère nous accompagnera!

▲▼▲

Véronique ne s'attendait pas à un parc de cette envergure! Des balançoires, un grand carré de sable, des jeux pour grimper et, plus loin, un petit étang où pataugent des canards. Ce décor l'enchante. Suivant des yeux Max qui va retrouver ses amis, elle s'installe sur un banc à proximité. Tous ces petits enfants jacassent en anglais entre eux. Elle ne comprend pas toujours leur langage enfantin, mais elle est très amusée de les écouter. Des mamans sont là et discutent entre elles. Véronique leur sourit, mais n'a pas le goût de se mêler à leur conversation.

J'aurais dû apporter un livre… Il n'y a personne de mon âge. De toute façon, je serais gênée de converser avec mon super accent. Tiens! Je pourrais peut-être me servir de cette excuse pour convaincre Thierry de venir! Je lui dirai que je m'ennuie toute seule.

— Tu fais rien, toi, Véronique? s'enquiert Max en interrompant momentanément ses jeux.

— Je réfléchis…

Max cherche ses mots:

— Si Thierry était… venir, vous avoir parlé ensemble!

Les efforts de conjugaison du petit et surtout la similitude de leurs réflexions font rire la jeune fille.

— Tu es un petit garçon très intelligent, tu sais!

Max, heureux du compliment, retourne à ses amis pendant qu'elle replonge dans ses pensées.

Il faut que je parvienne à sortir Thierry de son espèce de léthargie. Dans son cas, on pourrait même parler d'hibernation. J'en fais une affaire personnelle! Pour une fois que ma tête de cochon, comme dit papa, va me servir à quelque chose ! Le défi est lancé ! Je ne retournerai pas chez moi sans avoir réussi ! Ce n'est pas normal pour un adolescent de se coucher si tôt, de passer ses journées à écouter de la musique et de ne jamais mettre le nez dehors ni rencontrer des jeunes de son âge. Il faut que je trouve un moyen de lui démontrer que, malgré sa cécité, il peut voir la vie en rose ! Mais quoi lui proposer comme activité ? Je ne vais tout de même pas l'inviter au cinéma !

Véronique réalise à cet instant toute l'envergure du problème. Elle n'a aucune idée de la façon dont on peut adapter les situations de la vie courante pour les rendre accessibles aux handicapés visuels.

Vanessa est sûrement au courant ; il faudra que j'en discute avec elle quand l'occasion se présentera. Quant à Max, il pourra sans doute me renseigner sur les activités auxquelles s'adonnait Thierry. Ensuite, j'aviserai. Après tout, à chaque jour suffit sa peine.

▲▼▲

Resté seul au salon, Thierry réfléchit lui aussi. Quelque chose a changé dans son uni-

vers. Une sensation indéfinissable s'est empa-
rée de lui depuis l'arrivée de Véronique…
Une agréable sensation.

*On dirait que j'ai moins peur. Comme si le
monde venait à moi sans que j'aie à m'y plonger.
La tendresse spontanée de Véronique, son drôle
de sens de l'humour et la façon dont elle m'a
embobiné, tout ça m'amène à me sentir mieux
que je ne me suis senti depuis l'accident. Elle me
donne le goût de plaisanter, comme avant…
J'aimerais tellement la voir !*

Il soupire. Plus les jours passent, plus il se
surprend à se demander comment sont ses
yeux, ses cheveux…

*J'aurais dû prêter attention le premier jour,
quand je lui ai touché le visage. Je l'ai fait sous
l'impulsion de la colère et je n'en ai rien retenu,
sauf la douceur de sa peau…*

▲▼▲

Au parc, chacun doit maintenant rentrer
dîner. Sur le chemin du retour, Véronique
mène son enquête auprès du petit garçon,

qui a un peu de mal à fournir des réponses à ses questions.

— Tu veux dire quoi, Véronique ? Ce qu'il fait avant ?

— Oui, te souviens-tu de Thierry avant son accident ?

C'est vrai que Max n'avait alors que trois ans. La question est peut-être trop difficile pour lui.

— Pratiquait-il un sport ?

— Il joue au football avec moi ! On lance le ballon ! Aussi, on nage dans la piscine. Thierry montre à moi à flotter ! Il veut pas se baigner, cet été.

— Je me baignerai avec toi, moi ! Quoi d'autre ?

— Il joue du piano. Il joue encore, *sometimes*, mais il veut pas qu'on écoute. Il joue quand il pense que personne est là !

— Est-ce qu'il avait des amis ?

— Oui ! Ils vont un autre parc ! Il fait *some skateboard* avec eux.

— Où est-il, ce parc ?

— Je sais pas.

Il a un geste vague, montrant l'horizon.

— Loin. Il faut prendre l'autobus.

— Réfléchis, Max. À la maison, y avait-il autre chose que tu faisais avec Thierry ?

— Il lit souvent des histoires à moi et des gros livres pas d'images pour lui. Il a *a lot of* livres dans sa chambre. Maman a acheté un à Thierry pour lire avec les doigts. Elle voulait qu'il apprenne comment, mais il lance le livre.

Max accompagne sa phrase d'un mouvement de bras éloquent. Véronique sourit.

Pourquoi ne suis-je pas surprise ? !

Sous le soleil de midi, Véronique a très chaud. Max et elle atteignent donc avec soulagement la maison climatisée. Après être passée à la salle de bain pour s'asperger le visage, la jeune fille propose son aide à Vanessa, qui la laisse mettre la table.

— J'ai quelque chose à te suggérer, Véronique. Que dirais-tu d'une journée de congé en semaine ?

Elle lui explique l'arrangement convenu plus tôt avec son mari.

— J'ai l'impression que je vais abuser de vous !

— Écoute, je ne travaille plus à l'extérieur. J'avais un emploi avant l'accident ;

j'enseignais la musique au *Highschool*. Je donne bien quelques cours à domicile le soir, mais pas l'été. J'ai choisi de rester ici en espérant aider Thierry. Je lui ai fait faire sa dernière année à la maison, avec l'aide de quelques professeurs et de plusieurs entorses aux règlements. Il a son diplôme maintenant, à dix-neuf ans, sans aucun retard sur les autres. Je pense que c'est la seule chose qui l'a motivé : être comme tout le monde. Il peut commencer l'université. J'ai voulu t'engager pour avoir le temps d'aller à l'institut pour les handicapés visuels, je m'informe sur tout ce qui existe pour eux. Au début, j'ai pris des renseignements à l'hôpital et sur des sites Internet. Maintenant, je magasine les écoles, si on veut. Je cherche ce qui serait le mieux pour Thierry. Tout ça pour dire que je n'ai pas besoin de toutes mes journées libres et que tu n'as pas à te sentir coupable de mon offre.

— D'accord. Quel jour ?

— N'importe lequel. Peut-être le mercredi ? Ça couperait la semaine ! On changera au besoin. Tu pourras sortir, aller où tu veux… Je te montrerai les trajets d'autobus.

— Inutile ! Je vais essayer de passer du temps avec Thierry ce jour-là. Je me suis donné une mission : le faire sortir !

Une boule d'émotion, de reconnaissance monte dans la gorge de Vanessa. À bas les hésitations de Keith ! La venue de Véronique était une bénédiction… Spontanément, elle s'approche de la jeune fille et l'enlace.

— C'est le ciel qui t'envoie ! Tu nous fais du bien, à toute la famille ! Merci !

— J'aime les défis, c'est tout ! Pas besoin d'en faire tout un plat… À propos de plat, je vais aller chercher les garçons pour dîner !

Véronique trébuche presque sur Max, qui regarde la télévision à plat ventre par terre, dans le salon.

— Le dîner est prêt… As-tu vu ton frère ?

— Il est dans sa chambre. Je veux écouter ça.

— Ta mère t'attend… Allez, hop !

Après avoir chatouillé Max un bon coup pour le forcer à quitter son émission sans trop rechigner, Véronique monte chercher Thierry. Elle se faufile par la porte entrouverte et constate qu'il est couché sur son lit dans la même position que celle où elle vient de trouver Max, ce qui la fait sourire. Il bat la mesure avec ses pieds et ne l'a visiblement pas entendue arriver. Elle écoute un instant la musique et reconnaît cette fois No Doubt.

— J'aime aussi Gwen Stefani, annonce-t-elle.

— Véronique ! Tu m'as fait sursauter !

Il s'assoit sur son lit et se tourne vers elle.

— C'est vrai qu'elle est extra.

Lui annonçant que le dîner est prêt, l'adolescente se dirige vers le lecteur de CD pour l'arrêter.

— Où tu vas ? Qu'est-ce que tu fais ? dit agressivement Thierry.

Véronique se fige, consternée, à mi-chemin entre la porte et l'étagère.

— Fermer ta chaîne stéréo, pourquoi ?

— Je suis capable tout seul, merci ! Je n'ai pas besoin de ton aide !

— Bon, bon ! Faut pas se fâcher, réplique-t-elle d'un ton irrité. Sache cependant, très cher Thierry, que je n'y allais pas parce que je t'en croyais incapable, mais tout simplement pour te rendre service, machinalement, comme je l'aurais fait avec plaisir pour n'importe qui ! D'ailleurs, je ne suis pas tout à fait abrutie : j'ai déjà compris que tu ne désirais aucun traitement de faveur et j'ai la ferme intention de respecter ce désir. Maintenant, si tu montes sur tes grands chevaux rien que parce que j'ai voulu te rendre service, à l'avenir j'attendrai ton commandement pour bouger, de peur de déplaire à Monsieur !

Véronique se tait, essoufflée et étonnée. Les mots lui sont venus tout seuls. Elle est consciente d'avoir employé des formules toutes faites, comme dans les téléromans. Une vive expression de surprise se peint sur le visage de Thierry, qui éclate soudain d'un rire franc. Ébahie, elle balbutie :

— Eh bien ! Tu as bon caractère !

— Oh ! Pas vraiment ! Tu ne t'es pas entendue !

— Qu'est-ce qu'il y avait de si comique ?

— Le ton de ta voix : « de peur de déplaire à Monsieur ! » Wow ! Tu as pris des cours de théâtre ou quoi ?

— Non, réplique-t-elle, un peu honteuse. Je pense que j'écoute trop la télévision…

— Tu étais tordante ! Je t'ai fait *sortir de tes gonds* ! dit-il en l'imitant.

— Ça va, n'en rajoute pas, murmure-t-elle, piquée dans son amour-propre. Tu marques un point. C'est maintenant deux à un, mais toujours pour moi. Na !

Elle lui tire la langue, mais se rappelle qu'il ne peut apprécier le spectacle.

— Je te tire la langue !

— C'est très impoli ! Allons dîner.

— Et que fais-tu de Gwen Stefani ?

— Vas-y donc.

— Pourquoi moi ? « Tu es pas capable ? » comme dirait Max.

— Et humoriste, avec ça !

— C'est bon, j'y vais…

Ils descendent en rigolant. Vanessa sent son cœur bondir en entendant le rire de son fils. Quelle joie indicible…

▲▼▲

Préoccupée, Véronique chipote dans son assiette. Tout le long du repas, elle demeure tranquille et parle peu. Elle réfléchit à la façon de convaincre Thierry d'aller au parc avec elle et Max, qui veut y retourner dans l'après-midi. Après avoir aidé Vanessa à desservir la table, la jeune fille prend le bambin à part.

— Tu veux jouer à un jeu avec moi ? Je sais comment faire pour amener ton frère au parc, mais j'ai besoin de ton aide.

— OK. *What ?*

Véronique lui expose son idée, puis il se rend au salon. Elle attend un peu avant de s'y diriger à son tour. Max est assis sur les genoux de Thierry et effectue un jeu de mains avec lui, accompagné d'une petite comptine. L'adolescent s'implique peu et semble plutôt songeur. Elle s'approche et le nargue :

— À quoi tu penses ? Tu te demandes si tu viendras avec nous au parc ?

— Ça, c'est hors de question !

Max, croisant le regard éloquent de Véronique, se souvient de son rôle et intervient :

— *You should come.* Véronique s'ennuie ! Elle a rien à faire, personne pour parler.

— Tu n'as qu'à emporter de la lecture ou de la musique !

Déstabilisée, Véronique ne trouve rien à répondre. Elle était sûre que Thierry aurait pitié d'elle et qu'il prendrait au moins le temps de considérer la question. Max quitte les genoux de son frère et la rejoint alors qu'elle tente sa chance une dernière fois :

— S'il te plaît! Fais-moi plaisir, viens! Je ne parle pas bien anglais et, à cause de mon accent, je suis gênée de m'adresser aux mères qui sont là. Allez!

— Je ne comprends pas en quoi ma compagnie pourrait te plaire. Mais là n'est pas la question: je me suis cassé un cheveu tout à l'heure, c'est particulièrement sensible et...

Excédée par sa mauvaise foi, Véronique le laisse monologuer et fait signe à Max de rester coi, comme elle. Voyant que personne ne lui donne la réplique, Thierry demande d'une voix hésitante:

— Véronique? Il y a quelqu'un? Vous êtes là? Max?

Ce dernier interroge la jeune fille du regard. Il se sent coupable. Sa mère lui a appris à ne pas s'amuser aux dépens de Thierry. Comme il ouvre la bouche pour protester, Véronique pose un doigt sur ses lèvres. Max obéit, mal à l'aise plus que jamais. Thierry, se croyant seul, murmure pour lui-même:

— Je suis stupide...

— C'est le moins qu'on puisse dire! ironise Véronique. Salut!

Puis elle s'éloigne tranquillement avec Max.

— Ce n'est pas juste ! crie Thierry d'une voix qui manque de conviction.

— Trois à un pour moi !

Contente d'elle-même, Véronique sourit en traversant la cuisine.

— Pourquoi tu ris ? Il vient pas dehors. Et puis, *you cheated*, remarque judicieusement le petit.

— J'ai triché ?

— Oui. On a pas le droit de se cacher comme ça. Thierry peut pas voir et c'est pas de sa faute. C'est maman qui dit ça.

Se faire remettre à sa place par un enfant… qui a raison, en plus… C'est vrai que c'était plutôt malhonnête, comme procédé. La culpabilité grimpe le long de sa colonne vertébrale. Est-elle allée trop loin ?

— Attends-moi, dit-elle à Max. Tu as raison. Ta mère a raison. Je reviens.

Véronique regagne aussitôt le salon. Thierry lui tourne le dos, assis à sa place habituelle. Elle fait du bruit, s'approche par-derrière alors qu'il pivote vers elle. Elle se penche par-dessus le dossier du divan et l'enlace de ses deux bras en lui plaquant un baiser retentissant sur une joue.

— Excuse-moi. C'est vrai que c'était injuste. Je n'ai pas réfléchi. Ce n'est pas grave si tu ne viens pas avec nous. On se reprendra.

Véronique repart aussi vite qu'elle est venue, abandonnant derrière elle un Thierry plus troublé que fâché…

Chapitre 4

Livré à lui-même, Thierry se remet lentement de ses émotions. D'abord, il a fulminé
lorsqu'il s'est aperçu que Véronique lui avait
encore damé le pion. Puis, son humour prenant le dessus, il s'est radouci.

*N'empêche que je me suis laissé jouer comme
un bébé. Jamais je n'aurais dû parler à voix
haute sans m'être d'abord assuré qu'ils avaient
vraiment quitté la pièce. On peut dire que j'ai
trouvé chaussure à mon pied. Elle a même enjôlé
Max ! Je ne pourrai pas toujours lui refuser de
sortir. Le pire, c'est que je voudrais vraiment les
accompagner, mais je viens à peine de m'habituer
à circuler seul dans la maison… À la simple idée
de me retrouver dans les ténèbres dehors, je*

panique. Oh, et puis je ne comprends pas pour-
quoi elle veut tellement que je sorte...

Thierry se lève et se met à arpenter la pièce, une fois de plus torturé par l'inaccessible image de Véronique. L'idée lui vient de s'en informer auprès de sa mère, mais il y renonce vite : les questions fuseraient... Quelle frustration de devoir demander de l'aide pour satisfaire sa curiosité ! Il interrogerait plutôt son frère.

Vers seize heures, il entend Véronique et Max qui reviennent du parc. Tendant l'oreille, il suit leurs déplacements... Véronique monte à sa chambre... Très bien ! Le petit court et vient se planter devant la télévision... Encore mieux : Thierry en profite pour le cuisiner.

— Max ?

— *I want to watch this !*[1]

— S'il te plaît, je veux seulement savoir comment est Véronique.

— Comment ?

— Oui : *What she looks like, I mean*[2]. À quoi elle ressemble.

---

1. Je veux regarder ça !
2. À quoi elle ressemble, je veux dire.

— Oh ! Elle a des beaux cheveux bruns *curly* ! Elle est belle, conclut le bambin, qui se replonge aussitôt dans son émission.

Thierry a l'impression de ne pas avoir beaucoup avancé ; ces petits détails ne lui permettent pas de s'imaginer un visage aussi concrètement qu'il l'aurait souhaité. Tout en réfléchissant, il se dirige vers sa chambre. D'abord contrarié, il constate non sans surprise que, finalement, peu lui importe de voir Véronique... Sa personnalité la rend belle.

Comme je suis philosophe, tout d'un coup ! pense-t-il en refermant la porte de sa chambre derrière lui.

Véronique, dans la sienne, l'a vu passer. Occupée à coucher sur papier des idées pour rédiger un courriel à ses parents, elle s'est arrêtée en voyant Thierry. Chatouillée par l'envie d'aller lui parler, elle résiste un moment, puis se lève.

— Salut ! lance-t-elle en pénétrant dans la chambre du garçon.

Concentré sur la recherche d'un CD parmi tous ceux rangés dans une tour métallique, Thierry sursaute.

— Tu ne pourrais pas frapper avant d'entrer ? Je suis non voyant, pas sourd. J'aurais pu être indécent et toi, tu serais devenue aveugle !

— C'est une plaisanterie d'un goût douteux. Je frapperai, à l'avenir.

— Il commence à être temps que tu apprennes les bonnes manières.

— Qu'as-tu à redire à mes manières ?

Il s'avance, un index accusateur pointé vers elle.

— Quelqu'un qui a de bonnes manières ne profite pas du handicap d'autrui pour parvenir à ses fins. Tu ne mérites pas ton point !

— Je suis vraiment désolée. Tu as raison. En fait, je me sens toujours coupable pour ça. Restons-en à deux-un… pour le moment !

— Tu m'as l'air bien enthousiaste !

— Oui ! Je sens que je vais bientôt améliorer mon pointage !

Thierry prend place sur le bord du lit.

— Si tu veux parler d'une éventuelle sortie, commence-t-il d'un ton sérieux, n'y compte pas pour l'instant. Je ne suis pas prêt.

Intriguée, Véronique s'installe en tailleur par terre, en face de lui.

— Explique-toi.

— … j'ai peur. Juste à m'imaginer au milieu du bruit des voitures, des inconnus qui me frôleraient… Quand tu m'as parlé d'aller au parc ce matin, c'est tout ce à quoi je pouvais penser…

— On n'ira pas dans la rue avant que tu sois prêt, voyons! On commencera par la cour avant. Ce sera plus familier : tu y passes pour monter en voiture.

— Je viens juste de m'habituer à bouger dans la maison. Depuis peu seulement, j'arrive à penser en même temps que je compte mes pas. Mon corps a appris la disposition des lieux et ça va bien. J'ai besoin de cette sécurité. J'ai peur de paniquer en me retrouvant en terrain inconnu. Paniquer… pleurer… Je n'ai fait que ça pendant des semaines.

— Avoir peur d'avoir peur, ce n'est pas une vie, Thierry. Si tu acceptes de mettre le nez dehors avec moi, je ferai comme tu veux. On ira doucement. Je resterai près de toi.

Le jeune homme penche la tête en soupirant :

— Mes parents m'ont déjà dit tout ça…

— Ils ont raison. J'aimerais tant que tu y parviennes.

— Pourquoi ? demande-t-il en relevant la tête.

Surprise par sa question, Véronique ne trouve rien de mieux à faire que répéter :

— Pourquoi ?

— Oui, pourquoi est-ce que c'est si important pour toi ?

— Franchement, je l'ignore. Je suppose que c'est dans la même lignée que tous les chats égarés et oiseaux blessés que j'ai ramenés à la maison.

— Merci pour la comparaison !

— Sérieusement, je ne peux pas concevoir que tu passes le reste de ta vie cloîtré. Tu ne vois personne, tu ne fais rien d'autre qu'écouter de la musique !

— Mais qu'est-ce que tu veux que je fasse ?

Il a posé la question les dents serrées, dans un murmure pire qu'un hurlement, et continue sur le même ton :

— Que crois-tu que je puisse faire ? Je ne vois rien. Essaie de t'imaginer, toi, les yeux fermés…

Véronique se sent comme une fillette qu'on rabroue. Elle voudrait disparaître. Encore une fois, elle n'a rien à répondre.

— Tu as sans doute raison, soupire-t-elle, mais en partie seulement. La majorité des non-voyants ont une vie bien remplie. Avec toutes les technologies qui existent, tu peux avoir accès aux ordinateurs et je ne sais quoi d'autre. Pour l'instant, on pourrait se contenter de se promener autour de la maison, de se baigner... Je n'ai pas encore essayé votre piscine !

Le visage impassible, Thierry l'écoute sans bouger. Impossible pour son interlocutrice de savoir ce qu'il pense.

— Je ne peux pas, je ne peux pas... dit-il finalement, d'une voix où perce le désespoir.

Véronique réplique brusquement :

— Le veux-tu vraiment ? Je trouve que tu t'apitoies un peu trop sur ton sort. Secoue-toi ! Mets-y un peu d'efforts ! Oui, c'est difficile, mais as-tu pensé à tes parents ? Ils ne savent plus comment t'aider. Ils souffrent autant que toi. Le tout est de savoir si tu veux réellement t'en sortir...

Thierry se sent rajeunir à son tour. Il a l'impression d'être un petit garçon qu'on gronde pour une bêtise. Une grosse bêtise.

▲▼▲

Contrairement à ses habitudes, Thierry reste au salon ce soir-là, pour « écouter » la télévision avec le reste de la maisonnée. Bien qu'agréablement surpris, aucun membre de la famille n'ose émettre de remarque, de peur de rompre le charme ; tous s'évertuent à agir aussi normalement que possible afin de préserver cette heureuse ambiance. Alors qu'elle passe le bol de maïs soufflé à Keith, Véronique reste étonnée du sourire reconnaissant qu'il lui adresse en la remerciant. Quelque chose dans le regard de l'homme lui laisse croire qu'il ne la remercie pas seulement pour le maïs soufflé mais aussi, et surtout, pour la nouvelle attitude de son fils. Cela la rend plutôt perplexe, incertaine qu'elle est d'en mériter le crédit après avoir engueulé Thierry…

Plus tard, dans son lit, le jeune homme ne parvient pas à s'endormir. Sa conversation avec Véronique repasse en boucle dans son esprit. Elle a été dure avec lui, comme personne ne l'avait été jusque-là. Il ne lui en veut pas, au contraire. Il se sent comme s'il devait faire ses preuves, lui montrer qu'il peut avoir du courage. Jamais aucune parole de ses parents ne lui a donné ce coup de fouet. Le seuil de la porte lui paraît tout à coup moins effrayant.

Il faut que je me décide. Je suis capable. Je suis capable. Mes parents seront heureux, Véronique sera heureuse. Il y a à peine dix jours qu'elle est ici et on dirait que je la connais depuis toujours. J'ai vraiment une trouille horrible, mais je me sens en confiance avec elle... Ce n'est pas comme avec papa et maman : si je m'effondre, elle ne s'en portera pas plus mal. Avec eux, la barre est trop haute. Ils vont être anéantis s'ils me voient encore pleurer. Je les ai fait assez souffrir comme ça, Véronique a raison. Il faudrait bien que je me force à sortir malgré cette angoisse qui me scie les jambes.

Fort de cette résolution, il s'endort.

▲▼▲

Véronique, elle, a traîné en bas après l'émission pour parler à Vanessa. Toutes deux assises au petit comptoir de la cuisine, elles discutent à voix basse autour d'une tasse de tisane. Véronique lui rapporte l'essentiel de sa conversation avec son aîné et termine en lui faisant part de ce qui la chicote.

— J'ai peut-être dit un peu trop crûment ses quatre vérités à Thierry...

— Tu as bien fait, la rassure Vanessa. Je crois que nous en sommes rendus à cette étape, mais moi, j'en suis incapable. Je trouve déjà éprouvant de l'obliger à se rendre à ses rendez-vous et tout le reste. Pour Keith, c'est encore pire… Au début, je croyais qu'il allait y rester, lui aussi. Il passait des heures à fixer le vide, incapable d'agir. Je pense que sans Max, dont je devais m'occuper, je me serais effondrée.

— Comment vous en êtes-vous sortis ? Je veux dire… Keith semble aller mieux…

— Nous avons eu besoin de l'aide psychologique fournie par l'hôpital. Je ne savais pas quoi faire quand Keith s'éloignait de moi. J'avais peur de le perdre… que notre famille éclate. J'ai compris que chacun réagit à sa façon. Maintenant qu'il est rétabli, il s'inquiète pour moi. Il dit que j'en fais trop…

— Vous revenez de loin…

— Oui, mais ça va en progressant, surtout depuis ton arrivée. Thierry se sent en confiance avec toi. Je l'ai compris dès la première journée, quand je l'ai entendu te raconter son accident. Désolée pour l'indiscrétion…

Véronique, compréhensive, lui sourit et la laisse poursuivre.

— Bref, même si je suis incapable de le pousser dans ses derniers retranchements, toi, fais comme tu le sens. Ça semble porter fruit jusqu'à maintenant.

▲▼▲

Comme toujours, Thierry s'éveille tôt, à la différence près qu'il se sent rempli d'énergie et d'excellente humeur. Descendant à la cuisine sur la pointe des pieds, il constate que son père est déjà parti travailler. Poussé par l'envie de faire plaisir, il entreprend la tâche ardue pour lui de dresser une belle table pour le déjeuner: napperons qu'il espère être du même ensemble, serviettes de table en papier, vaisselle. Il s'exécute le plus vite possible, car il entend Max se réveiller et parler à Véronique. Lorsqu'ils arrivent, le couvert est parfaitement mis et Thierry s'affaire à remplir d'eau la bouilloire. Véronique s'extasie:

— Wow! Que nous vaut cette belle attention? As-tu quelque chose à te faire pardonner?

— Pas du tout. Je suis simplement de bonne humeur.

— Oh ! Et ça risque d'arriver souvent, cet été ?

— Qui sait ? dit-il avec un sourire énigmatique. Qui veut un chocolat chaud ?

— Miam… J'en veux bien un !

— Moi aussi ! s'exclame Max.

— Alors assoyez-vous. Je m'occupe de tout.

Ils s'installent pendant que Thierry ouvre la porte du garde-manger. Tout y est rangé dans un ordre rigoureux qu'il a mémorisé, du moins pour les denrées qu'il utilise le plus fréquemment. Cette fois-ci cependant, il reste indécis devant les tablettes.

— Véronique ? Je ne me souviens plus où est le cacao. Veux-tu venir me l'indiquer ?

— Avec plaisir.

Elle s'empresse de le rejoindre, lui prend la main et la guide jusqu'à la boîte jaune, qu'elle a facilement repérée.

— C'est là.

— Merci !

— Je veux une *toast* ! lance Max. Avec beaucoup de confiture dessus, Thierry.

— Et vous, Madame ? demande le jeune homme à Véronique, retournée s'asseoir.

— Une rôtie aussi, mais au beurre d'arachide.

Elle s'appuie au dossier de sa chaise en faisant un clin d'œil à Max. La journée s'annonce merveilleuse! Par la grande fenêtre, elle peut voir s'agiter la nature sous l'effet du vent. Le temps est couvert, ce qu'elle ne déteste pas : une pause appréciée dans les grandes chaleurs de l'été. Véronique bavarde avec Max tandis que Thierry se démène. Regarder ce dernier agir la fascine. Elle admire son habileté à tout accomplir sans rien y voir. Bientôt, il dépose sur la table les deux tasses de chocolat chaud, suivies de près par les rôties.

— Et voilà, Monsieur, Madame! Régalez-vous!

— Et toi, tu vas manger? demande Max.

— J'arrive!

Thierry se tourne vers le comptoir pour y prendre son assiette. Croyant celle-ci plus près qu'elle ne l'est en réalité, il met sa main en plein sur sa rôtie et la retire vivement avec une expression de dégoût.

— *Oh shit!*

— Non, ne peut s'empêcher de se moquer Véronique en riant. C'est de la confiture!

Il pouffe à son tour du jeu de mots. Pour la première fois, Véronique le voit rire longuement, avec éclats. Elle ne peut détacher son regard de Thierry, ainsi transfiguré.

— J'aime quand tu ris, lance-t-elle sans réfléchir, dans toute sa spontanéité.

— Pourquoi? demande-t-il en s'essuyant.

— Heu…

Soudain gênée, elle bafouille.

— Parce que… c'est comme ça.

Elle a failli dire: « Parce que tu es cent fois plus beau quand tu ris. » Cependant, une certaine pudeur a triomphé de sa franchise.

— Qu'est-ce qui te rend de si bonne humeur aujourd'hui? demande-t-elle pour cacher son embarras.

— Tu veux toujours tout savoir, n'est-ce pas? Il faudra bien que tu acceptes que certaines questions restent sans réponses. Mange et ne parle plus.

— Sadique! Je te tire la langue.

— Comment sont vos rôties?

— Puisque tu en parles, la mienne manque de beurre d'arachide.

— Il n'est pas sur la table? Je croyais pourtant l'avoir sorti.

— Eh non.

Il se lève tandis que Véronique fait signe à Max de se taire. Ce dernier a failli la trahir et nier son affirmation. Le petit garçon s'empare du pot de beurre d'arachide et le montre à sa baby-sitter en roulant de gros yeux désapprobateurs. Elle a encore gaffé.

— Oh, dit-elle innocemment. Il est ici, derrière le pot de lait. Je ne le voyais pas.

Elle s'arrête, saisie par ce qu'elle lit sur le visage de Thierry. Pas l'ombre d'un sourire. Il reste debout, à lui faire face. La dureté de ses traits la surprend. Le remords grimpe, l'envahit, la submerge.

— Excuse-moi ! s'exclame-t-elle, la voix enrouée, en allant vers lui. Ce n'était pas approprié comme blague. Je ne recommencerai pas. Promis.

Thierry ne dit toujours rien. Elle pose une main hésitante sur son épaule.

— Eh ! ajoute-t-elle doucement, la peur d'être rejetée rejoignant les remords. Qu'est-ce que je peux dire de plus ? Je regrette. Tu veux que je me mette à genoux pour implorer ton pardon ?

Véronique est réellement prête à s'exécuter. Tout pour revoir son sourire et ne pas perdre sa confiance. Il parle enfin.

— Tiens ! Ce serait une bonne idée ! Puis tu pourrais m'embrasser les orteils !

Elle lui serre le bras, se rendant compte qu'il vient de lui jouer la comédie.

— Mais… Tu m'as menée en bateau !

— Oui, et toi, tu as mordu à l'hameçon.

— Deux à deux ! lui accorde-t-elle en lui enfonçant l'index dans l'estomac.

Je pense que Thierry aime être avec moi autant que je me plais avec lui. Il modifie ses habitudes ; peut-être va-t-il bientôt sortir ? Je pourrais alors marquer un nouveau point !

La voix de Max s'élève, la tirant de ses pensées :

— Pourquoi, deux à deux ?

— Oh… ce n'est rien, répond évasivement son frère, juste un jeu entre nous deux.

— Je veux jouer aussi !

— Tu ne peux pas.

— *I want to ! I want to !* se lamente le gamin.

Véronique, de retour à la table, intervient rapidement pour contrer une éventuelle crise.

— Tu joues déjà, Max ! Tu m'aides même à ne pas tricher.

— Tiens, tiens, j'en apprends de belles! s'exclame Thierry tandis que le petit demande, heureux de participer:

— Qu'est-ce qu'on… *win*… gagne?

— Rien du tout, dit son frère d'un ton agacé. On joue pour le plaisir.

La réplique de Véronique prend Thierry par surprise:

— Rien du tout, mon œil! Moi, je joue pour gagner et tu peux être sûr que la partie ne restera pas nulle longtemps… Je vais te battre à plates coutures, Thierry Currie!

Chapitre 5

Personne ne remarque Vanessa, assise dans l'escalier. Elle descendait au moment où Véronique se rendait compte qu'elle avait été dupée. Constatant que c'était Thierry qui préparait le repas, Vanessa avait été obligée de s'asseoir, les jambes en coton. Elle savait qu'il se faisait à déjeuner seul presque chaque matin, mais dès que quelqu'un l'observait, il restait assis, refusant qu'on le voie en action.

Plus heureuse qu'elle ne l'a été depuis des mois, Vanessa reste à l'écart jusqu'à ce que Thierry commence à débarrasser la table, aidé de Véronique. Son fils aîné fait le guignol, comme avant : il porte Max sur son dos et se tourne brusquement dans ses déplacements pour tenter de le désarçonner. Quelle bienfaisante impression de déjà-vu ! Thierry qui rit, qui s'amuse avec son frère, qui participe au travail de la maison ! Cette vision parvient presque à estomper celles, pourtant marquantes, du Thierry prostré et amorphe de la dernière année… Que de changements depuis l'arrivée de la jeune fille…

— Attention à mes assiettes, vous deux ! lance Vanessa d'un ton faussement apeuré en entrant dans la cuisine. Comment fais-tu pour les endurer, Véronique ? Allez donc courir plus loin !

Ils s'exécutent, non sans que Thierry se prenne le pied dans une chaise trop reculée de la table. Il titube. Max, toujours sur son dos, croit que ça fait partie du jeu et hurle de joie en se cramponnant de plus belle. Les deux femmes retiennent leur souffle. Heureusement, Thierry retrouve vite son aplomb et continue sa cavalcade comme si de rien n'était. Les frères disparaissent dans l'escalier menant à l'étage. Vanessa ouvre la bouche pour les avertir d'être prudents, mais se retient juste à temps ; si elle souhaite que Thierry reprenne confiance en lui, elle doit apprendre à le laisser aller…

Prenant doucement les mains de Véronique dans les siennes, elle demande, émue :

— Comment arrives-tu à le rendre aussi joyeux ? Il n'a pas été comme ça depuis… depuis beaucoup trop longtemps. Le voir faire le fou avec Max, c'est si… si…

Elle remue l'air de ses bras, ne trouvant pas de mots pour décrire sa joie, avant de poursuivre d'une voix plus anxieuse :

— Parfois, j'ai un peu peur d'être déçue… Il n'y a pas si longtemps, j'aurais donné tout ce que j'ai pour que Thierry ait envie de sortir de la maison et là, alors qu'il semble déterminé à se reprendre en mains, c'est moi qui hésite. Tu comprends, ça fait un an que nous tentons de le convaincre…

— Je n'ai pas de boule de cristal… juste une intuition que ça s'en vient ! Je laisse aller les choses. Quand l'idée aura assez mûri dans son esprit, il fera sans doute les premiers pas. Sinon, je…

— Il ne faudrait pas le brusquer, tu sais… Je te comprends de souhaiter le voir sortir bientôt ; je me laisse aussi emporter par ton enthousiasme, mais n'oublie pas que ça lui est extrêmement difficile… S'il ne sort pas cet été, sache que c'est déjà beaucoup de lui avoir redonné sa gaieté. J'ai hâte à sa prochaine visite chez le psychologue ! Quel progrès !

— Il sortira, Vanessa ! Je suis très têtue, tu sais !

— J'espère que tu as raison. Je veux juste que tu ne sois pas déçue si ça n'arrive pas cet été. Mon Dieu ! Je dois téléphoner à Keith pour lui annoncer la bonne nouvelle !

— Et moi, je monte me préparer.

Tout en s'habillant, l'adolescente éprouve une joie mitigée. Bien sûr, elle est heureuse que Vanessa se réjouisse des progrès de Thierry, mais le fait qu'elle tienne à la mettre en garde pour la suite des événements la refroidit un peu... Elle-même a-t-elle raison de se montrer aussi confiante ? Pensive, elle appuie un moment son front contre la fenêtre. Dehors, le vent souffle toujours. Comme poussés par la brise, ses doutes s'envolent. Qui vivra verra...

Trois coups frappés à la porte la sortent de sa rêverie.

— Entrez !

Thierry obéit, la taquinant :

— Tu sais que moi, je n'aurais pas besoin de frapper...

— Même si tu as sans doute raison, dit-elle le sourire dans la voix, j'aime autant que tu gardes tes bonnes manières… puisque tu en as, toi! Et je te regarde, là… question de goût vestimentaire, c'est un peu moins bon… tu as fait exprès?

— De quoi? Qu'est-ce que j'ai?

— Tu n'as pas fait exprès, alors, constate-t-elle.

— Pourrais-tu cesser de tourner autour du pot?

— Tes vêtements. Tu portes un short bleu avec un chandail qui est loin d'être assorti!

— Ah bon?! fait Thierry, incrédule.

— Je t'assure: il est rayé vert, jaune et brun. Rien de bleu. Alors?

— Alors ma mère ne l'a pas mis sur la bonne pile, c'est tout! Elle range mes vêtements de façon à ce que je trouve seul ce qui s'agence. Attends-moi.

Véronique sourit en le regardant s'éloigner. Quand il revient, elle comprend comment Vanessa a pu se tromper. Thierry porte un chandail rayé, en tous points identique au premier, sauf que les rayures sont à dominante bleu. Le garçon effectue un tour sur lui-même, comme les mannequins.

— Et maintenant?

— Beaucoup mieux!

— Que fais-tu du petit monstre aujourd'hui ?

— Il fait trop frais pour se baigner. Je vais lui offrir d'essayer son nouveau vélo dans la cour. Il y a de l'espace si ta mère déplace la voiture. Elle dit qu'il n'est pas encore assez habile pour aller loin. Je pourrai le faire pratiquer.

Max, qui a tout entendu, arrive en courant :

— J'ai ouvert la porte-fenêtre. *It's freezing !* J'ai mis un pantalon !

— C'est parfait, lui dit Véronique. Comme ça, tu n'auras pas froid.

Avec une nonchalance étudiée, Thierry laisse tomber :

— Bon. Il faudra que je me change aussi si je veux aller avec vous…

Max pousse un cri aigu :

— Yé !!! Tu viens avec nous, Thierry ! Tu vas m'aider avec mon vélo ! Youpi, youpi, youpi !

Le bambin grimpe sur le lit de Véronique et se met à sauter. Thierry rit et sort en disant qu'il va revenir. Restée seule avec un Max surexcité, Véronique parvient à l'arrêter de bondir et l'embrasse sur les deux joues, très émue.

— Ton frère va nous accompagner !
C'est fantastique !

Elle aurait envie de sauter sur le lit, elle aussi.

Les craintes de Vanessa étaient infondées. J'avais raison d'avoir confiance en Thierry ; tout ce qu'il lui fallait, c'était quelqu'un qui l'ébranle un peu, quelqu'un qui le réveille de sa torpeur. À trop vouloir le couver, ses parents ne l'ont sans doute pas aidé, bien au contraire…

— Max, même si tu es très bon en vélo, nous resterons peut-être dans la cour aujourd'hui, d'accord ?

— Pourquoi ?

— Parce que ton frère pourrait… heu…

— Avoir peur des voitures ?

— C'est ça ! Tu es très intelligent !

— Toi aussi : tu fais sortir Thierry !

Au même moment, ce dernier ouvre la porte, toujours en bermuda.

— Tu ne trouves pas de pantalon ? suppose Véronique. Il ne fait pas si froid, ce n'est pas grave.

— Ce n'est pas ça…

Il parle d'une voix traînante et de plus en plus basse.

— Je… J'ai changé d'idée. Je n'irai pas dehors avec vous.

Les derniers mots sont presque inaudibles.

— Quoi? s'étrangle Véronique. Tu ne veux pas essayer?

— Non. Pas aujourd'hui. Je regrette.

— Pas autant que moi.

Véronique agrippe Max, un chandail et une boîte de Smarties, et quitte la chambre en coup de vent, laissant derrière elle un Thierry désemparé. Elle remorque le petit jusque dans la cour, sans croiser Vanessa, ce qui la soulage. S'assoyant lourdement sur la première marche du perron, elle enfile son chandail avec des gestes brusques. Resté debout, Max la regarde, les yeux pleins d'eau. Le remords la saisit. Elle tend les bras vers le petit pour le serrer contre elle. Étreindre Max la réconforte, elle autant que lui.

— Je ne suis pas fâchée, murmure-t-elle à son oreille.

— Oui! Tu me *squeeze* la main fort et tu marchais vite, vite. Tu disais rien. Tu étais en colère.

— Plus maintenant.

Elle installe Max près d'elle.

— J'étais fâchée contre ton frère parce qu'il a refusé de venir.

— Moi, je suis pas en colère, mais ça me fait de la peine.

— Moi aussi, j'ai de la peine. Viens! On va sortir ton vélo, veux-tu? Après un peu de pratique, nous mangerons des Smarties pour te féliciter de tes progrès!

▲▼▲

Ce jour-là, l'heure du dîner s'écoule sans qu'on entende la voix de Thierry. Véronique s'en veut.

Quelle différence avec l'atmosphère de ce matin. C'est de ma faute aussi! Moi et mon caractère! Vanessa me regarde, au supplice. Elle se demande sûrement ce qui s'est passé. C'est elle qui avait raison. Thierry n'est pas prêt, et moi, je ne suis bonne qu'à empirer les choses.

Essayant de se racheter, la jeune fille dit alors à Thierry:

— Tu as bien fait de ne pas venir, ce matin. Le temps était frisquet, n'est-ce pas, Max?

À la grande surprise de tous, Thierry se met à rire tout bas. Le regard de Vanessa, interrogateur, croise celui de Véronique, qui hausse les épaules en signe d'incompréhension.

— Demain, souffle-t-il, je sortirai.

— Tu n'es pas obligé. Je m'excuse de m'être emportée. Prends le temps qu'il te faudra.

— C'est fait. Pour la première fois, cet avant-midi, je me suis vraiment ennuyé. Je veux sortir. Je vais sortir. Demain.

— Quand tu voudras, je te dis.

— Je vais le faire, je te dis. Y a pas que toi qui as une tête de cochon ici.

Vanessa ne respire plus. Son regard va de l'un à l'autre, comme devant une joute de tennis. La balle est dans un camp, puis dans l'autre, et ce, depuis le déjeuner. Après avoir vécu au ralenti pendant un an, voilà qu'elle se retrouve en pleines montagnes russes… Par certains côtés, Véronique lui rappelle l'adolescente qu'elle a été: fonceuse, la répartie facile, têtue, mais avec le cœur sur la main.

Véronique ne laissera pas tomber… Et Thierry, lui, est tombé sous son charme, comme moi…

Ces deux-là se rendent-ils seulement compte de ce qui se passe entre eux ? J'ai l'impression que ce match ne fait que commencer ! Ah, si Keith passait autant de temps avec Véronique que moi, il verrait bien qu'il n'y a rien à craindre… Elle ne lui apporte que du positif…

Véronique scrute le beau visage de Thierry. Elle réalise qu'elle ne souhaite que ce qui lui convient.

— On fera ce que tu veux, demain. J'ai congé.

— Ah oui ?! s'exclame Thierry, que personne n'avait encore mis au courant.

— Oui, confirme Vanessa. Max et moi allons magasiner. Il a trop grandi : on va renouveler sa garde-robe.

Malicieuse, elle ajoute :

— Je suis sûre que vous saurez occuper votre temps sans lui…

▲▼▲

Le lendemain, des voix étouffées tirent Véronique de son sommeil. Ce sont Max et sa mère qui descendent déjeuner. L'idée de les rejoindre lui effleure l'esprit un moment, mais elle est si bien sous les couvertures qu'elle décide plutôt de s'offrir le luxe de la paresse et se rendort.

Il est neuf heures trente lorsqu'elle s'éveille pour de bon. Le silence règne dans la maison. Sous la toile de sa fenêtre, des rayons de soleil jettent une lueur chargée de promesses. Elle sort en pyjama dans le corridor. La porte de Thierry est fermée, lui qui se lève habituellement tôt. Elle frappe légèrement en murmurant :

— Thierry ! Dors-tu ?

Ne recevant aucune réponse, elle ouvre avec précaution et jette un coup d'œil à l'intérieur. Couché sur le côté, face à elle, le jeune homme dort encore. Elle sourit en achevant de pousser la porte, qui craque. Thierry émet un grognement, change de position, ouvre les yeux et s'étire. Tout en sachant fort bien qu'elle ne devrait pas, Véronique demeure sur place, muette. Prenant garde d'émettre le moindre son susceptible de dénoncer sa présence, elle suit les gestes de Thierry. Ce dernier rabat maintenant ses couvertures. Elle voit qu'il ne porte qu'un boxer. Il bâille, repousse ses cheveux de son front d'un geste machinal. Elle se sent comme un voyeur, mais ne peut s'en empêcher.

J'adore quand il passe sa main comme ça dans ses cheveux. Sait-il comme il est beau avec ses mèches un peu trop longues sur les côtés?

Elle pourrait le regarder encore longtemps, mais il se dirige maintenant vers la porte d'un pas assuré. Lorsqu'il arrive près d'elle, Véronique s'exclame joyeusement:

— Salut!

Thierry, sous l'effet de la surprise, effectue un mouvement de bras et gifle malencontreusement la jeune fille. Celle-ci porte la main à sa joue en laissant échapper un long sifflement admiratif:

— Ouais... Quelle puissance! Tu n'y es pas allé de main morte!

— Véronique! s'écrie Thierry, la voix chargée de regret, en lui prenant doucement la tête entre ses mains. Est-ce que je t'ai fait mal?

— N... non... pas vraiment. Je... j'ai été surprise, c'est tout.

En fait, elle est plutôt étonnée par sa réaction aux caresses de Thierry sur ses joues...

Ça doit être ça qu'ils veulent dire, dans les livres, par « des papillons dans l'estomac ».

Il l'effleure brièvement, puis retire ses mains. Véronique sent ses jambes ramollir.

Je pensais que c'étaient des histoires de bonne femme, tout ça, les jambes molles et le reste. Si Isabelle me voyait, elle rirait de moi, c'est sûr.

— En fait, dit Thierry, c'est moi qui ai été le plus surpris. Qu'est-ce que tu faisais là ?

— J'arrivais… Enfin, presque… J'avoue que je t'ai regardé te réveiller… Tu m'en veux de t'avoir épié ?

— Non. Es-tu déçue ? Tu attendais que je me déshabille, avoue-le donc !

Toujours sous l'effet des nouvelles sensations éprouvées, Véronique en perd son habituel sens de la répartie. D'ailleurs, le phénomène se produit un peu trop souvent à son goût depuis quelques jours…

— Heu… Non, bien sûr que non ! Je ne ferais jamais ça !

— On ne sait jamais avec toi… Bon, je meurs de faim, moi. On va déjeuner ?

La bonne humeur de Thierry ponctue le repas d'éclats de rire. Il plaisante et s'amuse à agacer Véronique, ce qui ne l'empêche pas de prendre son rôle d'hôte très au sérieux.

— Tu veux un autre croissant ? offre-t-il à la jeune fille.

— Oui, s'il te plaît, acquiesce-t-elle. Voilà mon assiette.

Il revient vite avec la pâtisserie qu'il dépose devant elle, non sans s'appuyer d'abord à son épaule pour bien évaluer la distance. Frémissant à ce bref contact, l'adolescente déchire un morceau de croissant tout en suivant Thierry des yeux tandis qu'il se rassoit : ses yeux gris-bleu, ses cheveux blonds indisciplinés, son sourire dévastateur, son pâle visage qui s'accommoderait aisément de quelques rayons de soleil… Soleil auquel il n'a encore fait aucune allusion. A-t-il balayé ses résolutions de la veille ? Elle-même, fidèle aux siennes, n'ose pas lui en parler, car elle refuse de lui mettre de la pression. Cependant, chaque minute qui passe accroît son impatience. Thierry boit son jus, raconte une anecdote sur laquelle elle n'arrive pas à se concentrer.

— Grrr… fait-elle soudain, déposant son couteau dans un tintement sur le bord de son assiette.

— C'est quoi ce bruit-là ?

— Mon couteau…

— Non… L'autre bruit. Ça venait de ta gorge…

— C'est celui d'une fille qui n'est plus capable de tenir ses résolutions. Thierry, vas-tu sortir, oui ou non ?

Il fait la moue.

— Je ne sais plus… J'espérais que tu n'en parles pas.

Véronique s'était pourtant juré de ne plus s'emporter, mais la remarque de Thierry vient de détruire l'espoir qui croissait en elle depuis la veille. Sa promesse de rester calme tombe à l'eau et elle frappe la table du plat de la main, la rage au cœur, les yeux piquants de larmes.

— Je m'étais promis de te laisser du temps et tout et tout, mais je ne peux pas. Je le savais, s'exclame-t-elle, la voix hachée par les sanglots qui menacent. Je le savais que tu changerais encore d'idée ! Reste donc sur le divan à t'user le fond de culotte. Tes amis vont finir par oublier que tu existes. À rester enfermé comme ça, tu te ruines la santé : autant physique que morale. Dans le dernier cas, c'est sérieusement amorcé.

Elle s'arrête, à bout de souffle, ravalant ses larmes. Thierry, le calme incarné, arbore un large sourire. Il s'amuse franchement.

— Puis tu as le cœur à rire de moi ! Je suis sérieuse, tu sais !

— Eh bien, pas moi ! C'est trois à deux pour moi !

Les coudes appuyés sur la table, la tête entre les mains, Véronique fixe la nappe en inspirant profondément pour s'exhorter à la patience. Inquiet des sons qu'il entend, Thierry s'approche d'elle et promène ses mains à tâtons sur le dos et les épaules de son amie pour découvrir qu'elle a la tête penchée.

— Hé, fait-il doucement en lui massant le dos. Qu'est-ce qu'il y a ?

Elle relève la tête et soupire :

— Rien. Tu m'as eue. Je vais m'inscrire à des cours de yoga en rentrant chez moi. Il faut que j'apprenne à rester calme. Alors, tu vas sortir ?

— Oui.

— Je t'ai engueulé sans raison ?

— Non, ça m'a diverti. Et puis, ne va pas au yoga : tu es super comme ça !

Chapitre 6

Thierry hésite sur le pas de la porte. Tel un ours qui sort de sa tanière après de longs mois d'hibernation, il réapprend la sensation du vent sur sa peau, du soleil sur son visage, de l'odeur caractéristique de l'été à ses narines. Au lieu de se dépêcher à s'engouffrer dans la voiture, comme lorsqu'il va à ses rendez-vous, il prend son temps, apprivoisant l'environnement.

Derrière lui, muette d'émotion, Véronique, protectrice, surveille ses mouvements. Elle se tient prête à intervenir à sa moindre requête. Une main contre le mur de la maison, Thierry descend la marche du perron et se retrouve dans la cour. Il fait précautionneusement un pas en avant, puis deux. Il se sent comme un ballon gonflé à l'hélium dont on vient de couper le lien qui le retient au sol. Lâché dans le vide, l'étourdissement le saisit. Il reste immobile un moment, puis reprend de l'aplomb.

En respirant l'air frais du matin, il a l'impression de prendre une bouffée de bien-être, de liberté, de bonheur même. Faisant demi-tour, il tend les bras vers Véronique dont il sent la présence. Une fraction de seconde suffit pour qu'elle franchisse les deux pas qui la séparent de lui. Ils s'étreignent un court moment en silence avant de se détacher l'un de l'autre. Véronique le contemple fièrement.

— Comment te sens-tu ? Qu'éprouves-tu ?

Il ouvre les bras dans un geste englobant tout autour de lui.

— Enivré. Vaguement étourdi aussi.

On est quittes : comme moi ce matin !

— Veux-tu qu'on aille s'asseoir dans la cour arrière ?

— Ou... oui.

Malgré son assentiment, Thierry ne bouge pas. La tête penchée vers le sol, les bras ballants, les épaules voûtées, il a davantage l'air d'un pantin sans vie que d'un jeune adulte de dix-neuf ans. Véronique, toujours près de lui, murmure gentiment :

— Qu'y a-t-il, Thierry ?

Il relève la tête. Des larmes hésitent à ses cils. Ses traits expriment un désespoir sans nom. Ne sachant quoi lui dire, Véronique l'attire contre elle pour le réconforter. Comme il est beaucoup plus grand qu'elle, quand il l'enlace à son tour, on dirait plutôt que c'est lui qui la console.

— Thierry, dis-moi ce qu'il y a. Je vais t'aider.

Elle reste collée à lui, n'osant le laisser seul à lui-même, si fragile.

— Je... je ne me souviens plus ! chuchote-t-il enfin. Je ne parviens pas à me rappeler le décor.

Des larmes ruissellent maintenant sur ses joues en traçant des sillons sur son visage abattu. Son regard inanimé confère au tableau une teinte tragique. La peur et le doute envahissent Véronique.

Ai-je eu tort de le pousser à sortir ? Était-ce trop tôt ? Sera-t-il encore plus perturbé ?

Elle ne sait que faire d'autre que serrer le garçon contre elle. De façon tout à fait instinctive, elle lui offre ce dont il a le plus besoin : une présence physique à laquelle se raccrocher dans cet univers de ténèbres. Sentant son amie, son guide contre lui, Thierry tente de maîtriser ses émotions :

Il faut que je me calme. Je lui fais peur. Je suis dehors, pas au centre d'un volcan... Respire... C'est drôle, on dirait que l'odeur de Véronique m'apaise autant que sa présence.

Ils s'étreignent ainsi de longues secondes. À mesure que Thierry se remet à respirer normalement, la culpabilité de Véronique s'estompe. Puis, d'un accord tacite, ils se séparent doucement.

— Décris-moi tout, veux-tu ? dit Thierry en s'essuyant le visage.

Soulagée, Véronique se prête avec joie à sa demande.

— À deux mètres de nous, le sol subit une légère inclinaison qui nous amène vers l'arrière de la maison. Puis plus loin, vers la droite, se trouve la piscine, au bout du patio. Au fond du terrain, une petite remise...

— Elle est brune ! Et le jardin s'étend à côté ! C'est un peu confus, mais je m'en souviens ! Avec ton aide, je peux reconstituer le décor dans ma tête.

Après quelques pas main dans la main, Thierry constate que ce n'est pas la meilleure façon pour lui de se déplacer. Il s'arrête.

— Attends. Je vais te prendre le bras, comme ça. De cette façon, je sens mieux où tu me diriges.

— On va s'asseoir sur le patio ? demande Véronique.

— Oui, mais avant, fais-moi faire le tour du jardin. Le tour de la maison, tout.

Ensemble, ils parcourent deux fois le terrain. Thierry compte ses pas, mémorise. Véronique l'observe, admirative. Ils aboutissent à la table où ils s'installent, face à face.

— Je vais chercher à boire, annonce Véronique. Ça va si tu m'attends ici ? Je fais vite.

— D'accord.

Thierry n'ose ajouter qu'il veut qu'elle fasse vraiment vite… Il ne se sent pas trop en sécurité, seul. Sans s'en rendre compte, il se cramponne à sa chaise. Quand Véronique revient, elle remarque tout de suite les doigts de Thierry agrippés aux bras du meuble. Elle fait celle qui n'a rien vu et lui prend une main pour l'amener au verre de limonade.

— Je suis contente, s'écrie-t-elle en s'assoyant.

— Pourquoi ? demande Thierry qui, ayant posé son verre, semble la regarder.

— D'après toi ?

Il hausse les épaules, moqueur.

— Parce que le soleil brille ? suggère-t-il, ignorant le fait que son sourire réveille chez sa compagne de nouveaux papillons.

— Sois sérieux.

— Je sais que tu es contente parce que tu as réussi à m'emmener dehors. Je n'arrive toutefois pas à m'expliquer pourquoi ça te rend tellement heureuse, alors qu'on se connaît depuis si peu de temps. À ton tour de me faire plaisir : explique-moi !

— Je m'étais donné un objectif. Je l'ai atteint. C'est une satisfaction personnelle.

— Je reformule, dit-il patiemment entre deux gorgées de limonade. Pourquoi avoir choisi cet objectif-là ? Pourquoi as-tu voulu m'aider au lieu de consacrer ton temps à t'occuper de Max comme prévu et point à la ligne ?

Il s'adosse et attend une réponse, très conscient qu'il la met dans l'embarras.

— Je ne sais pas…

Véronique essaie de se souvenir de ce qui a pu déclencher cette envie chez elle. Elle contemple Thierry un moment, ses cheveux blonds se teintant de mille reflets au soleil. Déjà, son visage paraît plus sain.

— Tu es beau sous le soleil ! lance-t-elle sans même songer à garder secrète sa remarque.

Alors que ses paroles flottent encore dans l'air, une gêne folle submerge Véronique, qui ne comprend pas du tout ce qui lui a pris de dire ça. Heureusement qu'il ne peut pas voir le rouge qui envahit ses joues…

— Et quand je suis dans la maison ? réplique Thierry, nullement désarçonné par la situation.

— Heu… bafouille Véronique. Bien… Oh ! Je suis idiote ! finit-elle par lancer dans un mouvement d'humeur.

Thierry, lui, se contente de rire.

— Mais non, tu n'es pas idiote. Tu es drôle. Tu as tout un caractère, ça oui, mais tu me fais rire et ça me plaît ! Tu sais qu'il y a longtemps que je ne m'étais pas autant amusé ?

Elle lui sourit, reconnaissante.

— Je te souris, là.

— Merci de me le dire. À quoi il ressemble, ton sourire ? ajoute-t-il, soudain grave.

— Mes lèvres retroussent. Fille ordinaire, sourire ordinaire.

— Sûrement pas ! Je suis sûre que tu as un sourire resplendissant qui va avec ta personnalité.

Flattée, Véronique reste muette. En fait, c'est le plus beau compliment qu'on lui ait jamais adressé.

— Dans le fond, dit-elle enfin, tu peux bien m'imaginer comme tu voudras.

— Exactement ! Maintenant, réponds à ma question, j'attends toujours.

— Curieux ! Laisse-moi réfléchir. Dès le début, tu m'as intrigué. Ta mère m'avait seulement dit que tu avais eu un accident. Je t'ai imaginé tour à tour paralysé, défiguré, mutilé…

— Vraiment ? s'exclame le jeune homme, mi-amusé, mi-ahuri.

— Oui ! Le lendemain, quand j'ai découvert ce qu'il en était et que je me suis retrouvée à quatre pattes à ramasser des Smarties, je me suis dit que j'avais tout gâché. J'étais prête à faire n'importe quoi pour que tu me pardonnes. Mais, avec ma légendaire habileté, je n'ai réussi qu'à multiplier les gaffes…

— C'est ton sens de l'humour qui est venu me chercher. Je n'ai pas pu résister.

Ils restent silencieux un moment, en buvant leur limonade.

— Je suis content que tu sois venue travailler ici cet été, Véronique. Vraiment.

— Moi aussi… répond-elle, troublée, avant de changer de sujet. Maintenant, rentrons. J'ai peur que tu attrapes un coup de soleil. La prochaine fois, il faudra penser à la crème solaire !

▲▼▲

Vanessa a dîné au restaurant avec Max avant de revenir. Elle conduit lentement, prudemment, se retenant de foncer à vive allure pour savoir…

Pourvu que ce soit arrivé aujourd'hui… Finalement, ce n'est pas si difficile d'accepter que la première sortie de Thierry n'ait peut-être pas lieu avec moi. J'ai fait le deuil de sa vue, fait le deuil d'être celle qui le sortirait de sa léthargie, alors Seigneur, laissez-moi au moins espérer une sortie cet été! Ne serait-ce qu'une toute petite balade dans la cour... Après un an d'attente, ça pourrait arriver, non?

C'est une Vanessa plus que fébrile qui entre dans la maison. Elle trouve les deux adolescents qui discutent au salon. Quand Thierry se tourne vers sa mère pour la saluer, elle ne voit que le soleil sur son visage. Et son sourire, son sourire ne trompe pas! Elle touche les pommettes rosies de son fils et le serre contre elle, des larmes de joie roulant sur ses joues.

Il va sans dire que le repas est très gai, ce soir-là. Vanessa ayant réussi à se retenir d'appeler Keith, il a pu apprendre la nouvelle en personne de la bouche de son fils, qu'il a longuement étreint.

Se reposant au salon après que Thierry, épuisé, est monté se coucher, Véronique se retrouve en tête à tête avec Keith et Vanessa. Assise au fond d'un fauteuil, les jambes recroquevillées sous elle, la jeune fille constate qu'une légère inquiétude lui tenaille le ventre et a remplacé l'excitation des premiers instants. Pendant le repas, bien que chacun ait laissé éclater sa joie, elle a surpris des regards interrogatifs posés sur elle et a compris que plus tard, en l'absence de Thierry, les questions de ses parents pleuvraient sûrement.

Comme elle s'y attendait, Vanessa aborde aussitôt le sujet. Elle désire connaître les moindres détails entourant la sortie de son fils et Véronique se prête au jeu sans hésiter. Les deux adultes, blottis l'un contre l'autre sur le divan, boivent littéralement ses paroles.

— Nous te devons une fière chandelle… dit Keith quand elle a fini.

— Merci… J'espère que ça va continuer dans cette voie, je veux dire… que Thierry va accepter de sortir encore…

— Justement, coupe Keith, je voulais t'en glisser un mot.

Vanessa se redresse, en alerte. L'anxiété qu'elle perçoit dans la voix de son mari la surprend un peu.

— Je ne suis pas sûr de la bonne façon de faire pour la suite…

— Que veux-tu dire, chéri? demande doucement Vanessa.

— J'avoue que je suis très heureux de ce qui est arrivé aujourd'hui, mais je ne peux pas m'empêcher de me dire que ça aurait pu mal tourner… que ça pourrait encore mal tourner… J'aurais préféré que tu attendes qu'on soit présents…

Véronique remonte ses genoux sur sa poitrine, comme pour protéger son cœur qui se serre. Vanessa, devinant le désarroi de l'adolescente, s'empresse de tempérer son époux.

— Voyons, Keith ! Qu'aurait-il pu arriver ? Tu sais bien que Véronique n'emmènerait pas Thierry en plein cœur du centre-ville !

— Je n'ai pas l'intention de brusquer Thierry, ni vous, intervient la jeune fille, qui commence à se sentir coupable. Je vous assure que c'est lui qui a décidé de sortir, ce matin… Je… Je ne l'ai pas forcé…

Les derniers mots s'échappent dans un sanglot retenu. Vanessa, désemparée, se lève pour aller la réconforter.

— Véronique, ne t'en fais pas… Keith est sûrement inquiet pour Thierry. La journée a été éprouvante, c'est tout.

— Désolé, Véronique. Ne m'écoute pas. Je suis un cas désespéré ; je m'inquiète trop. Je suis vraiment désolé, répète-t-il en se tournant vers sa femme.

Les nerfs usés par les émotions de la journée, Véronique n'arrive pas à se calmer. Elle a besoin d'être seule.

— Je vais prendre une douche, lance-t-elle, la gorge serrée, tandis qu'elle quitte la pièce en courant, le regard voilé par les larmes.

Malgré sa fatigue, Thierry ne dort pas encore. Il entend monter Véronique, puis suit ses mouvements jusque dans la douche.

Elle semble pressée… Elle est sûrement fatiguée, elle aussi. Je me sentais vraiment en sécurité avec elle, dehors. Je ne sais pas pourquoi, mais je lui fais confiance. C'est surprenant, parce qu'elle se sert du fait que je suis aveugle pour me jouer des tours pendables… Ça devrait pourtant m'insulter, non? Mais au contraire, en me traitant comme n'importe qui, comme un gars normal, comme un de ses amis, elle m'aide à accepter ma cécité… ou, en tout cas, à apprendre à vivre avec. Quant au reste: la confiance, le bien-être, la complicité, il doit y avoir un peu de magie là-dessous.

Les pas de Véronique dans le couloir interrompent sa réflexion. Spontanément, Thierry l'appelle:

— Véronique !

La porte s'ouvre dans un grincement.

— Thierry ? Tu ne dors pas ? Tu as besoin de quelque chose ?

— Je… Heu… non. Je voulais juste te souhaiter une bonne nuit ! Tu vas bien, n'est-ce pas ?

— Pourquoi ?

— Ta voix est bizarre. Qu'est-ce qu'il y a ?

— Rien. Je suis fatiguée, c'est tout.

— Véronique ? Merci pour aujourd'hui…

— Je t'ai seulement regardé faire ! Ne me remercie pas. Bonne nuit ! lance-t-elle avant de refermer doucement la porte derrière elle.

Je me suis énervée pour rien… Thierry va bien. Je n'ai pas causé de dommages…

Ayant retrouvé un peu de son aplomb, Véronique retourne en bas. Elle ne peut se résoudre à laisser ses hôtes croire qu'elle n'est qu'une tête en l'air incapable de prendre une critique, une irresponsable qui se sauve au moindre obstacle. Ce n'est pas du tout l'image qu'elle veut projeter. Elle entre dans le salon en resserrant la ceinture de sa robe de chambre pour se donner une contenance.

— Excusez-moi pour tantôt, dit-elle rapidement.

— Tu n'as pas à t'excuser, voyons ! Viens t'asseoir plutôt ! lui enjoint chaleureusement Vanessa.

Véronique ne se fait pas prier et regagne son fauteuil.

— *I am the sorry one*, dit Keith. On n'est pas toujours d'accord, Vanessa et moi. En général, elle est beaucoup plus cool que moi sur tous les sujets, précise-t-il en souriant tendrement à sa femme, mais s'il y a une chose sur laquelle on s'entend, c'est sur le bonheur de nos enfants.

— Et comme tu fais un travail magnifique avec Max…

— Je ne retournerai pas seule dehors avec Thierry, si vous préférez…

— Ce que j'aimerais en réalité, précise Keith en s'avançant sur le divan pour être plus près d'elle, c'est que tu t'assures que Thierry est à l'aise dans ses nouveaux déplacements. J'ai peur qu'il se sente poussé…

— Je comprends. Je vous promets que je vais le laisser aller à son rythme dorénavant. J'avoue que je l'ai peut-être un peu bousculé au début, mais c'est quand même lui qui a décidé, au bout du compte.

— Il a dix-neuf ans après tout, conclut Vanessa. Il sait ce qu'il veut et s'il te fait assez confiance pour aller dehors avec toi, c'est correct avec nous.

— Merci…

— La seule chose que j'aimerais comprendre, remarque Keith, c'est pourquoi il y est parvenu avec toi plutôt qu'avec nous…

— D'après le psychologue de garde à qui j'ai parlé, explique Vanessa, l'absence de pression par rapport à nous, ses parents, peut avoir pesé dans la balance. Mais ce que je me demande, moi, c'est pourquoi toi, Véronique, tu veux l'aider à ce point. Je dois t'avouer que ça m'intrigue…

— C'est plus fort que moi ; je l'aide parce que… parce qu'il en a besoin. C'est tout.

— En tout cas, dit Keith en s'étirant, nous te sommes très reconnaissants. Sincèrement.

▲▼▲

À : Isa ; ti-bis@hotmail.com
De : Véro ; veroenontario@hotmail.com
Date : Le mercredi 11 juillet, 22h41
Objet : Grande nouvelle

Chère Isa,

Ne t'inquiète pas : j'ai bien reçu ton courriel (désolée de ne pas t'avoir répondu avant) et, sans blague, tu ne peux pas savoir comme ça m'a fait plaisir. Si toi, tu te sens seule, imagine comment je me sens ici, loin de chez moi, entourée d'étrangers... Bon, d'accord, de moins en moins étrangers, mais quand même... j'ai toujours l'impression de marcher sur des œufs avec eux. D'un côté, Keith et Vanessa veulent que Thierry progresse et se remette à vivre comme avant son accident, mais, de l'autre, ils me font me sentir coupable si je vais trop vite à leur goût... D'ailleurs, on vient juste d'avoir une petite explication à ce sujet-là ; on dirait bien qu'ils ont enfin compris que Thierry est libre de dire non si je le pousse trop, que je ne le force à rien. C'est pas trop tôt !

Ha! Ha! Ha! Je savais bien que tu me demanderais des détails supplémentaires sur Thierry! Je te connais... J'avoue : il est super beau... Grand, yeux bleu-gris, cheveux un peu longs... C'est bien simple, son sourire me rend dingue! Il me semble que je t'entends rire... Tu as hâte de voir mes photos, non?

Si j'ai pris un moment pour t'écrire avant d'aller au lit, c'est parce que j'ai une grande nouvelle à t'annoncer : aujourd'hui, Thierry est sorti! Avec moi! Oui! Oui! On a fait le tour de la maison, puis on est restés un moment sur le patio, le temps de boire une limonade. Il m'a dit qu'il était heureux que je sois venue travailler chez lui cet été... Je te laisse deviner ce que ça m'a fait d'entendre ça... Ouf!... Disons que j'ai changé de sujet assez vite... Pourquoi? Parce que je ne sais pas quoi faire avec ça, voyons!!! Il a bien quelque chose de différent qui m'intrigue, m'attire et, disons... éveille en moi un tas d'autres émotions qui n'ont rien à voir avec de la pitié ou de l'amitié... mais bon... Tu veux trois bonnes raisons de ne rien répondre à ça, eh bien, je vais t'en donner : un, je suis la baby-sitter ; deux, il habite en Ontario ; et, trois, ses parents sont déjà hyper nerveux en temps normal, imagine s'il se passait vraiment quelque chose entre Thierry et moi !!! Je ne serais pas mieux que morte ! Je ne sais plus quoi penser, Isabelle... j'aurais tellement besoin de tes conseils en ce moment... Si je fais un faux pas, je sens que je vais basculer : tu m'envoies un filet s.t.p ? Ça presse !

Véro xxx

Chapitre 7

Étendue sur la plage, Véronique garde les yeux fermés. À côté d'elle, Thierry passe doucement sa main dans ses boucles brunes. Savourant le moment, elle ne bouge pas, heureuse... jusqu'à ce que les caresses de Thierry, tout à l'heure délicates, se fassent de plus en plus maladroites, voire même un peu brusques. Ouch ! Ça tire !

— Ré-veil-le-toi, Véronique ! Il fait beau !

Max ! Elle aurait dû s'en douter, c'était trop beau pour être vrai... Dommage... pense-t-elle en souriant, alors qu'elle se redresse dans son lit. À peine a-t-elle les idées claires que, déjà, elle songe à son amie et aux tourments qu'elle lui a confiés la veille.

J'espère qu'Isabelle prend ses messages plus souvent que moi et qu'elle pourra me répondre rapidement! Peut-être ce soir, si je suis chanceuse…

— Tu dors *too late*… lui reproche Max tandis qu'elle s'étire. Ré-veil-le-toi!

Avec un large sourire qui rappelle un peu celui de Thierry, il ajoute, irrésistible:

— Tu vois, je dis *réveille*!

— Tu es très bon. Tu t'améliores. Je suis fière de toi.

Il grimpe près d'elle sur son lit.

— Qu'est-ce qu'on va faire, *today*?

— Aujourd'hui.

— C'est un mot trop dur… On peut… *go swimming*?

— Nager… Quelle bonne idée! Si ta mère accepte.

— Thierry peut, aussi?

— Je ne sais pas. C'est à lui qu'il faut demander.

— J'y vais tout de suite! J'y vais, j'y vais!

— Non, attends! Tu vas le réveiller!

Peine perdue… Le bambin s'échappe de la chambre sans plus attendre et entre en trombe dans celle de son frère. Véronique attend sagement dans le corridor, sachant Thierry pointilleux sur les intrusions surprises. Elle reste cependant à portée de voix. Max s'informe :

— Thierry, tu vas te baigner avec nous ?

— Max, je veux dormir, pas nager. Va-t'en !

— *Come on… I'm going with Véronique. She said yes.*[3]

— C'est elle qui t'envoie demander ça ? soupçonne immédiatement l'aîné.

— Elle dit qu'il faut que je demande à toi. C'est moi qui veux que tu viens. *I want you to push me in the boat !*[4]

— Je vais plutôt te pousser en bas de mon lit ! répond Thierry en haussant la voix d'un cran. Allez, Véronique, je sais que tu n'es pas loin. Ne laisse pas Max tout seul avec le grand méchant loup !

Elle s'avance, souriant malgré elle.

— Je n'ai pas envoyé Max. C'est lui qui en a parlé le premier.

---

3. Allez… j'y vais avec Véronique. Elle a dit oui.
4. Je veux que tu me pousses dans le bateau !

— Je te crois. Alors tu ne vas pas con-
tester ma décision.

— Mais…

— La sortie d'hier m'a pris beaucoup
d'énergie.

— Il fait si beau aujourd'hui, le soleil va
te donner des forces. Viens donc !

— C'est toi, si mes souvenirs sont exacts,
qui parlais de me laisser suivre mon rythme.
Tu vas maintenant te contredire ?

— Bon, ça va, tu gagnes. Quatre à trois
pour toi.

— Hey ! Quatre à deux.

— J'ai trois points !

Max, que leurs propos ennuient, s'en va
mettre son maillot.

— Et d'où viendrait ce point mystère,
Madame ? demande Thierry en s'avançant
vers Véronique.

La jeune fille émet un ricanement et le
contemple un instant avant de répondre.

*Son teint a légèrement bruni. Ça le rend encore
plus beau.*

Elle s'approche de lui, le prend par les
épaules et, se haussant sur la pointe des pieds,
l'embrasse sur une joue :

— Le soleil sur tes joues ne me le vaut-il pas ? Je suis généreuse : je devrais avoir deux points pour ça.

— Elle est bien bonne, celle-là ! C'est moi qui ai fait tout le travail ! Tu parles d'une arnaque !

▲▼▲

Une matinée passée à patauger, ça creuse l'appétit. Après avoir revêtu un léger paréo, la baby-sitter se dirige vers la maison, Max sur les talons. De la musique parvient à leurs oreilles quand ils ouvrent la porte. Véronique pense d'abord que Thierry a mis un disque de piano, mais après avoir entendu quelques notes ratées, elle réalise que c'est sans doute lui qui joue. Ébahie, elle se tourne vers le petit avec de grands yeux.

— C'est Thierry qui joue bien comme ça ?

— Ça fait long qu'il a pas joué. Je l'entends jamais *usually*.

Surprise, Véronique en oublie de corriger Max et s'avance vers le salon. Elle reconnaît un air classique dont elle ignore le nom. Faisant volontairement du bruit en arrivant dans la pièce, elle s'approche de Thierry, qui cesse aussitôt de jouer.

— Continue…

— Pas maintenant.

— Tu joues très bien !

Max s'assoit sur le banc de bois près de Thierry et se met à pianoter.

Debout derrière eux, Véronique s'enquiert :

— Tu as dû prendre des cours pour jouer bien comme ça…

— Oui, pendant huit ou neuf ans.

— Wow ! Ça m'impressionne. Moi, je ne joue que de la flûte à bec, et encore ! Max dit qu'il y a longtemps que tu n'as pas joué. Tu te souviens des pièces par cœur après tout ce temps ?

Thierry se tourne vers elle et sourit.

— Non ! Je joue souvent, mais seulement quand je suis seul. Je ne connais de mémoire que les pièces que j'ai beaucoup pratiquées. Pour le reste, je joue à l'oreille.

— Chanceux !

Thierry se lève tandis que Max s'amuse toujours à tapoter les touches. Il s'appuie d'une main sur le banc et tend l'autre pour se diriger vers Véronique, qui regarde le petit avec amusement. Comme elle est silencieuse, son ami ne peut la situer. Tout à coup, sa main rencontre un obstacle : le dos nu de Véronique.

— Tu ne portes pas de chandail ?! s'exclame-t-il.

Elle pouffe.

— Je suis en maillot, tu te souviens ?

Elle lui prend la main et y pose un bout de la frange de son paréo.

— J'ai un paréo par-dessus. Comment on dit ça, en anglais ?

— Je ne sais pas, c'est du vocabulaire de fille !

Je me fais tranquillement à l'idée de ne rien voir, mais là, maintenant, j'aimerais assez... Juste un petit coup d'œil...

— Pourquoi soupires-tu ? demande Véronique.

— Hein ? Heu... J'ai faim. Quelle heure est-il ?

— L'heure de manger !

Max se lève à son tour, expliquant :

— On fait des sandwiches ; on va dîner dehors.

— Tu veux que je t'en fasse, Thierry, ou préfères-tu manger autre chose ?

— Des sandwiches, ça me convient. Je vais vous aider.

Ils s'affairent ensemble, Max hissé sur un tabouret. Quand tout est prêt, Véronique dépose sur un plateau ce dont le petit et elle auront besoin, puis ils sortent tous les deux.

— Bon appétit, lance-t-elle à Thierry avant de refermer la porte derrière elle.

Elle me plante là! Elle n'a même pas essayé de m'entraîner avec eux! Décidément, je ne sais pas ce que je veux: je devrais être content qu'elle respecte mon rythme, comme je le lui ai demandé. Oh et puis, advienne que pourra, j'y vais!

S'armant de son sandwich et de son courage, il s'attaque à la porte-fenêtre de sa main libre. Véronique, assise face à la maison, le regarde faire, un sourire accroché aux lèvres. Même s'il tâtonne un peu avant d'y arriver, elle parvient à garder ses fesses sur la chaise, mais ne peut s'empêcher de lui crier:

— Thierry, environ six pas devant! Attention, j'ai un peu déplacé la table pour avoir plus d'ombre.

Le jeune homme se rend sans encombre et s'assoit, très fier de lui.

— Il y a un parasol dans la remise.

— On le prendra la prochaine fois.

Elle s'étire et lui caresse rapidement le bras :

— Je suis contente que tu dînes avec nous ! Je te fais un sourire, aussi.

— Quand tu parles, je les entends, tes sourires. Ta voix est souriante.

— Je perdrais des points, en composition, pour une phrase comme celle-là !

Véronique va chercher les boissons, qu'elle a oubliées. Les deux frères, restés dehors, rigolent ensemble. Leurs rires qui éclatent au soleil l'émeuvent beaucoup… Cette joie, cette complicité retrouvée, voilà son véritable salaire.

Quand elle revient, Thierry raconte :

— Tu sais, nous mangions souvent dehors avant, et je me rends compte que mes parents n'y viennent même plus, à cause de moi…

— Ce soir, nous mettrons la table ici, sans prévenir !

— Alors il faudra déposer une boîte de mouchoirs près de l'assiette de maman !

Et une près de l'ordinateur si je n'ai pas reçu de courriel.

Le vœu de Véronique est cependant exaucé.

À : Véro ; veroenontario@hotmail.com
De : Isa ; ti-bis@hotmail.com
Date : Le jeudi 12 juillet, 19h56
Objet : Quelle pitié !

Salut Véro !

D'après ce que tu m'écris, ce n'est effectivement pas ton Thierry qui fait pitié… mais toi ! Non mais, tu penses vraiment que je vais m'apitoyer sur ton sort alors que tu habites avec un gars super beau et, qui plus est, super gentil ?! NON. Je suis désolée d'avoir à te le dire, ma vieille, mais je pense que tu es en train de tomber amoureuse ! Et à des kilomètres de moi, en plus ! Ça m'enrage !
Si tu veux mon avis, tes trois bonnes raisons ne sont pas si bonnes que ça…
À force de t'en faire pour rien, tu n'as pas peur de passer à côté de quelque chose de fantastique ?! Bon, d'accord, j'avoue que tu n'es pas dans une

situation idéale, mais quand même, moi, j'y penserais à deux fois avant de dire non à un dieu grec!!! Ha! Ha! Ha! Sérieusement, Véro, je ne crois pas qu'il y ait de quoi paniquer pour l'instant: après tout, il ne t'a pas demandée en mariage! Prends les choses au jour le jour et, si Thierry vient vers toi, ne te pose pas trop de questions, veux-tu? Il a l'air très chouette et, si jamais il se passait quelque chose de sérieux entre vous deux, ses parents finiraient bien par voir que tu le rends heureux... N'oublie pas que tu as réussi à le faire sortir, ce n'est pas rien! Et puis, si ça t'inquiète tant que ça, tu pourrais peut-être en parler avec Vanessa...!?! Elle me semble plutôt cool, non? Penses-y et réécris-moi dès qu'il y aura du nouveau! Je ne veux rien manquer de la saga Véronique-Thierry-Et-La-Famille-Currie!

Je te laisse, il faut que j'aille préparer ma planification pour demain; le vendredi, au terrain de jeux, c'est la folie!

Isa XXX

Parler à Vanessa… Véronique le voudrait bien, mais elle ne sait pas trop comment aborder le sujet. De plus, cela lui semble un peu précipité. Mieux vaut attendre. Après tout, comme dit Isabelle, Thierry ne l'a pas demandée en mariage... Il a seulement dit qu'il était heureux qu'elle soit là... Et s'il ne fallait pas voir plus loin ?

▲▼▲

Pendant les jours qui ont suivi, Thierry a repris progressivement goût à la vie à l'extérieur. Il est sorti un peu dans la cour chaque jour et décide même d'aller au parc avec son frère et Véronique un vendredi après-midi. Pour s'y rendre, il prend le bras de la jeune fille, refusant d'utiliser la canne blanche qui dort quelque part dans un placard. Assis sur un banc, pendant que Max joue, les adolescents discutent.

— Tu veux des Smarties ? demande Véronique.

— Bien sûr. Tu gardes les jaunes ?

Elle verse quelques bonbons dans la main de Thierry.

— Non. J'ai décidé de les manger comme ils viennent.

— Pourquoi ?

— Parce que.

Elle est songeuse et Thierry le remarque.

— Qu'est-ce qu'il y a, Véronique ? Depuis ce matin, tu as l'air bête.

— Merci bien !

— Je ne dis pas ça pour être méchant, je me demande juste ce qui te chicote. Tu t'ennuies de ta famille ?

— Oh non !

En fait, plus ça va, plus je sens que je vais trouver ça difficile de repartir…

— Non… C'est autre chose.

— Dis-le alors !

Elle détourne les yeux de Max un moment pour fixer Thierry qui attend sa réponse.

— Je me demandais seulement comment tu passais ton temps avant l'accident. Tu es capable de jouer du piano et il y a sûrement d'autres activités qui te sont toujours accessibles.

— J'allais à l'école, je faisais mes devoirs, je sortais avec mes amis. L'été, nous allions souvent au *skatepark*. Ça, il ne faut pas y penser. Ça ne me manque pas trop, de toute façon.

— Le skate ou tes amis ?

— Le skate. Mes amis…

— Pourquoi ne pas leur téléphoner ?

Il soupire. Tout en jetant de fréquents coups d'œil à Max, Véronique observe le visage de Thierry. Il semble si triste tout à coup.

— Je ne sais pas, Véronique… Je ne sais pas quoi te dire… Je… j'ai peur d'être un fardeau pour eux. J'ai peur qu'ils se sentent obligés de venir me voir si je les appelle, peur qu'ils soient gênés en ma présence. J'ai souvent pensé appeler l'un ou l'autre, mais sans jamais oser. Étant donné que je ne voulais parler à personne au début, ils ont espacé leurs appels, pour finir par ne plus téléphoner du tout…

Comme pour balayer ces mauvais souvenirs, il esquisse un mouvement de la main.

Véronique, qui veut le laisser aller au bout de ses idées, se retient avec peine de l'étreindre. Elle reste silencieuse et attend qu'il poursuive.

— J'aimais aussi beaucoup aller au cinéma…

— Évidemment, ce n'est plus aussi attrayant pour toi, maintenant…

— Pas si sûr !

Il s'anime :

— J'aime l'atmosphère des salles de cinéma, être enfoncé dans un siège, manger du pop-corn... Ça peut paraître insensé, mais j'ai vraiment le goût d'y aller... avec toi.

Un petit frisson de plaisir parcourt le corps de Véronique à ces deux mots.

— C'est bien la dernière chose que j'aurais pensé te proposer ! Encore que je me souvienne d'avoir vu à quelques reprises des gens avec des cannes blanches dans la queue au cinéma. Tu ne me fais pas marcher, au moins ?

— Non ! Je t'assure.

Son sourire crève-cœur bouleverse Véronique, qui n'en peut plus. Elle lui prend le bras et se blottit contre lui, sur le banc. Thierry ne bouge pas, mais dépose un petit baiser sur ses cheveux.

C'est fou ce qu'elle sent bon...

Véronique regarde Max qui transporte des seaux remplis de sable et dit :

— Alors on ne se demandera pas quoi faire ce soir !

— Ce soir ? Pas ce soir !

Elle quitte à regret sa position confortable et lève la tête.

— Pourquoi pas ?

— Réfléchis : c'est vendredi. Les salles seront bondées, le stationnement aussi. Ne proteste pas : allons-y demain après-midi. Il y aura moins de monde, je me sentirai mieux.

— Tu as raison. Je n'avais pas pensé à ça. Va pour demain ! Et cette fois, pas question de te défiler !

▲▼▲

— Au cinéma ?!

D'une même voix, Vanessa et Keith expriment leur étonnement. Thierry et Véronique ont attendu que Max soit sorti de table pour annoncer leur projet. « S'il sait qu'on va au cinéma, avait dit Thierry avant de souper, il voudra nous accompagner. »

— Bonne idée ! dit Vanessa, une fois la surprise passée.

— Je suis enchanté que tu fasses une grande sortie, Thierry, mais j'aimerais mieux vous accompagner...

Devant l'air dépité des deux jeunes, Keith précise :

— Vous conduire en voiture, je veux dire, et vous reprendre à la sortie du film. Pour que tu n'aies pas à prendre le bus... *Are you sure you want to do this, boy?*

— *Dad! Be cool! I'll be fine!*

— Quel film irez-vous voir? demande Vanessa pour alléger l'atmosphère.

— Qui va voir un film?

Catastrophe! À Max qui est revenu discrètement et qui a vite compris qu'on cherchait à aller au cinéma sans lui, Vanessa et Keith promettent de l'y emmener le soir même.

— *Can we see Garfield?*

Le petit sur ses genoux, Vanessa se tourne vers les adolescents:

— Comme ça, on n'aura pas de crise demain!

— Je ne veux pas y aller avec *mom and dad*, je veux Véronique, moi aussi!

Sentant la soupe chaude et ne voulant pas s'en mêler, la jeune fille s'empresse de ramasser les couverts et se dirige vers l'évier. Alors qu'elle tourne le dos aux autres, Thierry clôt la discussion d'une manière plutôt inattendue, voire inespérée:

— Désolé, Max, mais tu as Véronique
pour toi seul toute la semaine. Demain, c'est
à mon tour…

Est-ce l'effet du soleil couchant sur la
vitre ? En tout cas, le reflet de Véronique
renvoie l'image d'un visage souriant… aux
joues couleur tomate.

▲▼▲

En soirée, quand les autres sont partis,
Véronique étale le journal par terre au salon.
Elle énumère pour Thierry le titre des films à
l'affiche au cinéma de leur quartier. Le jeune
homme, bien qu'un peu inquiet de ce
nouveau pas qu'il s'apprête à franchir, est
impatient d'y être.

— Quel film veux-tu voir ? s'informe
Véronique.

— Entendre ! rectifie-t-il en se couchant
sur le dos, près du journal, les mains sous la
nuque.

— Entendre. Alors, lequel ?

— Harry Potter ou Spiderman II.

— Dans Harry, il me semble que de
longs passages ne sont que visuels, tu ne
crois pas ?

— Ça ne me dérange pas. Vraiment pas. Mais j'ai peut-être un petit penchant pour *Spiderman II*, après tout.

— Même si tu ne verras pas Kirsten Dunst ?

— Ne tourne pas le fer dans la plaie. Je n'y pensais pas ! Sadique !

— Désolée…

— Arrête de sourire ! Ce n'est pas drôle. J'aime mieux ce film-là parce que *Harry*, c'est trop long pour une première fois…

— Si tu penses que je vais te croire ! Je te parie que même la voix de Kirsten Dunst te fera saliver !

Thierry éclate de rire et Véronique ne peut s'empêcher de le détailler pour la millionième fois. Même si c'est son esprit qui l'a conquise en premier, son visage, son sourire, sa silhouette lui plaisent. Ses cheveux un peu longs frisottent sur sa nuque et des mèches blondes lui retombent dans les yeux. Elle les lui replace d'un doigt léger.

— Mmmm, fait-il involontairement, appréciant la trop brève caresse.

— Quoi ? murmure-t-elle innocemment, plutôt contente du trouble qu'elle crée chez lui.

Pris en flagrant délit d'abandon, Thierry se redresse rapidement.

Quoi ? Quelque chose à répondre. Vite !

— Tu crois que je devrais me faire couper les cheveux ?

— Non ! proteste vivement la jeune fille, qui s'empresse d'ajouter, en bafouillant : Je veux dire… C'est parfait comme ça. Ils ne sont pas trop longs.

Bravo ! Me revoilà rouge comme un homard… Je ne peux tout de même pas lui dire que ça lui donne un air sexy, ses cheveux longs sur la nuque. Ce n'est vraiment pas le moment, surtout que Keith m'a lancé un de ces regards avant de partir… Il n'avait pas l'air chaud à l'idée de nous laisser seuls ici, tous les deux. Franchement ! Comme si nous allions nous sauter dessus, Thierry et moi ! Comme si… comme s'il y avait un « nous »…

▲▼▲

À: Isa; ti-bis@hotmail.com
De: Véro; veroenontario@hotmail.com
Date: Le vendredi 20 juillet, 21h37
Objet: Thierry + Véro???

Salut Isa!

Excuse-moi pour ce long silence, mais je n'ai pas eu un moment à moi depuis une semaine. Pour un garçon de quatre ans, je te dis que Max en a dedans! Vraiment, je ne sais pas comment tu fais avec un groupe de quinze...

Ici, ça progresse lentement mais sûrement. La preuve: demain, Thierry et moi allons au cinéma! Oui, oui, tu as bien lu! Je sais que ça peut paraître incroyable, mais c'est vrai: nous allons «écouter» un film... Je suis certaine que ça va bien se passer, mais je te mentirais si je te disais que je me sens rassurée à cent pour cent. Et si Thierry paniquait une fois dans la salle? Et si quelqu'un passait un commentaire désobligeant à son endroit? Et si...? Ne dis rien, je sais ce que tu penses: «C'est plutôt elle qui risque de piquer une crise en plein cinéma...» Une chose à la fois, une chose à la fois... j'ai compris.

En fait, si je suis aussi fébrile, c'est peut-être parce que... parce que je pense que Thierry m'aime bien, voilà! C'est dit! Bref, disons que, plus ça va, plus ses gestes et ses paroles semblent receler un double sens... À moins que ce soit moi qui hallucine... En tout cas, de mon côté, ça se précise... Physiquement, je t'ai déjà dit qu'il m'attirait, mais il n'y a pas que ça... Je me sens bien avec lui. De là à affirmer que c'est réciproque... il faudrait que je sois capable de lire dans ses pensées pour connaître la vérité...

Pour ce qui est de ta suggestion de parler à Vanessa, je ne sais pas... pas encore... Tant que ma relation avec Thierry ne sera pas éclaircie, je pense qu'il vaut mieux n'en parler qu'à toi. Mais je te jure que je la garde en réserve! Espérons que je pourrai m'en servir très bientôt, si tu vois ce que je veux dire...

Souhaite-moi bonne chance! Je te réé-cris dès que possible, promis!

Véro xxx

▲▼▲

— Suis-je correctement vêtu et tout? demande Thierry à sa mère, une pointe de nervosité perçant dans sa voix.

Peu de temps avant son départ pour le cinéma, il lui a demandé de le rejoindre dans sa chambre afin d'avoir son avis. Vanessa le détaille des pieds à la tête : il porte un bermuda en jeans et une chemise aux motifs hawaïens, achetée à la fin de l'été dernier. Elle remarque aussi qu'il s'est mis du gel dans les cheveux, ce qui en accentue l'aspect bouclé. La femme éprouve un pincement au cœur en songeant qu'il y a bien longtemps qu'il n'a pas ainsi pris soin de son apparence.

— Tu es absolument merveilleux et je suis sûre que Véronique te trouvera irrésistible.

— M… mais… p… pourquoi dis-tu ?…

— Chut! Une mère sait tout! Elle est très jolie elle-même et si tu ne descends pas bientôt, elle va user le plancher de la cuisine à force de tourner en rond.

— Elle est juste nerveuse parce que c'est la première fois que je fais une grande sortie…

— Bien oui. C'est pour ça qu'elle a mis une robe sans manches, des sandales hautes et…

— Tu te fais des idées… dit-il d'un ton qui se veut le plus neutre possible, avant de changer de sujet. Tu trouves que ça n'a pas de sens, maman, d'aller au cinéma quand on ne voit pas le film ?

Vanessa serre son grand garçon contre elle.

— Oh non, chéri ! Rien, m'entends-tu, rien de ce que tu souhaites faire n'est insensé. Tu as vraiment le goût d'aller au cinéma ?

— Oui. J'ai un peu peur, mais je sais que rien de fâcheux ne va m'arriver avec Véronique.

— Tu as confiance en elle ?

— Une confiance aveugle !

Saisissant le jeu de mots, sa mère rit avec satisfaction :

— Le vieux Thierry refait surface ! Allez, descends vite ! Tu es sublime.

▲▼▲

Avec émotion, le jeune homme quitte la sécurité offerte par la voiture de son père pour poser le pied sur le stationnement, suivi d'une Véronique surexcitée, mais consciente de son rôle de guide.

— Donne-moi ton bras, dit nerveusement Thierry, adossé à la voiture. Je ne fais pas un pas sans toi.

— Je suis ton berger allemand !

— Je préfère de beaucoup te tenir par le bras que d'avoir un chien en laisse.

En guise de réponse, elle appuie un moment sa tête contre son épaule en une brève caresse. Ils avancent lentement. Les bruits de la rue, toute proche, sont assourdissants pour Thierry. Une peur imprécise joue avec son système nerveux. Il progresse d'un pas incertain, le dos légèrement voûté, tout en serrant démesurément le bras de Véronique.

— On est encore loin de la porte ?

— Non, on arrive. Est-ce que ça va ? Je ne marche pas trop vite ?

— Tu es parfaite… Ça va aller, si on arrive bientôt…

— Thierry… puisque ça va, veux-tu essayer de te redresser et cesser de me broyer les os du bras ?

— Oh ! Pardon ! Je ne m'en rendais même pas compte !

Il relâche la pression et se redresse.

— Attention, l'avertit Véronique, il y a une marche à monter. Une seule. On est chanceux, il y a du monde mais pas trop.

Ils entrent.

— Mmm! s'exclame Thierry, le nez en l'air. Du pop-corn!

— Tu en veux?

— Quelle question!

— On va d'abord acheter les billets.

Ils prennent place dans la file au guichet. À peine deux ou trois clients sont devant eux, mais d'autres arrivent. Un brouhaha sympathique règne dans le hall. Des gens qui discutent ou s'interpellent joyeusement; le bruit est moins affolant que dehors. Véronique chuchote à Thierry:

— Ne sois pas surpris si on se fait un peu bousculer, d'autres gens entrent. Tu peux me tenir par l'épaule un instant? Je vais avoir besoin de mes deux mains pour payer.

Ils attendent à peine depuis trente secondes que Thierry, qui est passé derrière Véronique, recommence à se cramponner à elle en lui triturant l'épaule. Celle-ci souffre de le sentir si crispé et n'a pas le cœur de lui dire qu'il lui fait mal. Elle achète leurs billets et, pressée de laisser la place, l'entraîne par la main vers le comptoir à friandises. Thierry lui broie les doigts. Après avoir commandé, elle lui murmure :

— Ne t'inquiète pas, je suis là.

De son pouce, elle lui caresse le dessus de la main pour le calmer. Cela semble fonctionner, car il relâche peu à peu sa pression.

— Je ne te lâche pas, le rassure-t-elle.

— Une chance ! Je suis mort de peur.

Il s'efforce de garder une respiration normale, malgré son cœur qui bat la chamade.

— Retour sur l'épaule ! Il faut que je prenne mon sac à main…

Thierry déplace sa main le long du dos de Véronique jusqu'à son épaule.

— Je ne pourrai pas tout apporter. Je mets le pop-corn dans ta main libre, d'accord ? C'est léger. Arriveras-tu à garder l'équilibre ?

— Oui. Ça va aller.

— Les portes de la salle ne sont pas ouvertes. Il faut aller attendre devant les câbles. La foule n'est pas trop nombreuse. On y va ? Sur la droite. Tu peux reprendre mon bras maintenant.

Ils avancent. Le jeune homme la serre toujours démesurément.

— Je vais avoir tout un bleu, Thierry !
Relaxe !

— Désolé ! C'est plus fort que moi.

— Ce n'est pas grave… répond distraitement Véronique.

— Ta voix a changé… Qu'est-ce qu'il y a ?

— Au comptoir de friandises, il y a un gars qui attend et qui n'arrête pas de nous regarder.

— C'est toi qu'il regarde. Ma mère m'a dit que tu étais belle avec ta robe.

Vanessa ? Pourquoi lui a-t-elle dit ça ? Et dans quelles circonstances ?

La surprise passée, Véronique reprend :

— Mais non ! Je pense plutôt qu'il te connaît. Oh ! Il arrive ; il est avec une fille. Tu vois, tu avais tort, pour moi.

Elle ajoute vivement :

— Tu leur parleras, parce que moi, je ne parle pas assez couramment l'anglais pour entretenir une vraie conversation avec plusieurs interlocuteurs ! J'ai un accent terrible !

Le garçon et la fille sourient à Véronique, puis le premier salue chaleureusement Thierry.

— *Hi, Thierry !*

— *Kevin !* s'exclame joyeusement le jeune homme en reconnaissant la voix. *How are you ?*[5]

— *Just fine, but what about you? We haven't heard from you in quite a while.*[6]

C'est maintenant Véronique qui serre la main de son ami pour lui manifester son appui. Quelque peu mal à l'aise, Thierry répond qu'il avait perdu l'envie de sortir depuis son accident, mais qu'il va mieux maintenant. Puis il lui présente Véronique, disant qu'elle est venue de Québec pour travailler chez eux pendant l'été. Kevin en fait autant avec sa *girlfriend*, qui se prénomme Kathy. Thierry se détend pendant la conversation qu'il a avec son ami ; il va même jusqu'à le faire rire en disant que Véronique, qui s'occupe de Max, fait des heures supplémentaires avec lui. Quand les portes de la salle s'ouvrent, Kevin propose qu'ils s'assoient tous ensemble. Assez étrangement aux yeux de Véronique, Thierry s'empresse de décliner l'invitation, décision que Kevin accepte sans

---

5. Comment vas-tu ?
6. Très bien, mais toi? Nous n'avons pas eu de tes nouvelles depuis un bon moment!

discuter, en faisant seulement promettre à son vieil ami de lui téléphoner très bientôt.

Tout en guidant Thierry vers la salle, Véronique lui demande pourquoi il a refusé la proposition.

— Je veux être loin des oreilles des gens pour qu'on ne les dérange pas si tu dois me chuchoter des précisions sur ce qui se passe. Emmène-moi dans un coin tranquille.

Elle s'exécute, en argumentant cependant que Kevin aurait sûrement compris la situation. Ils s'assoient et Thierry, une fois bien installé, lui répond :

— Je sais. J'avais surtout envie d'être seul avec toi.

— C'est vrai !?

Mon Dieu… C'est vrai. Et je le lui ai dit, en plus ! Qu'est-ce qu'elle va penser ?

— Oui… Est-ce que j'ai été égoïste ? Aurais-tu préféré être avec eux ?

— Non. Ça me va. On est bien ici.

Véronique a choisi deux places le long du mur de gauche, vers l'arrière. Kevin est installé quelques rangées devant eux, au centre de la salle, comme la majorité des personnes présentes.

— Kevin est gentil, je trouve, dit Véronique alors qu'ils mangent le pop-corn que Thierry tient entre eux. Il n'a pas été gêné, contrairement à ce que tu pensais.

— Non, tu as raison. Et j'ai vraiment envie d'accepter son invitation pour le pique-nique de jeudi chez lui, si tu veux m'y accompagner. Ma mère sera sûrement d'accord pour déplacer ton congé.

— J'irai, si tu m'aides avec mon anglais.

— Je suis certain qu'il est très bien, ton anglais.

— J'ai du mal à suivre les conversations trop rapides. Vous utilisez trop d'expressions que je ne connais pas. Et puis, je bégaie, je n'ai pas les bonnes intonations, je cherche mes mots…

— Peut-être, mais tout le monde te comprend quand même, non ? Et puis, j'adorerais t'entendre parler en anglais : les accents ont quelque chose d'aguichant…

— Tu veux rire de moi ?

— Non. Chut ! Le film va commencer.

Thierry entend Véronique déposer le contenant de pop-corn vide par terre puis se caler dans son siège.

C'est étrange de me retrouver dans un lieu inconnu… Je serais terrifié sans Véronique. Je suis quand même un peu angoissé… Elle est juste là, je le sais, mais avec l'odeur entêtante du pop-corn, je n'arrive pas à respirer la sienne. Je ne me sens pas rassuré. J'ai besoin de la toucher, de sentir qu'il y a quelqu'un avec moi.

Il déplace la boisson gazeuse qui était entre eux et trouve à tâtons la main de son amie, qui se colle contre son épaule, heureuse.

C'est sûr qu'il aime être avec moi, lui aussi. Il ne me donnerait pas la main sans raison, sinon !

Thierry trouve que le film comporte autant d'effets spéciaux sonores que visuels et n'a donc aucun mal à embarquer dans les scènes d'action, surtout qu'il a en mémoire le premier *Spiderman* qu'il a vu. Au besoin, il pose des questions à Véronique.

Au bout d'un certain temps, Thierry, dont le bras commence à s'engourdir, ramène à lui la main de Véronique, qu'il tient toujours dans la sienne, pour la poser sur sa cuisse. Ainsi installée, Véronique peut sentir les muscles de Thierry tressaillir au moindre mouvement. Des petits chocs électriques chatouillent la paume de ses mains et remontent le long de ses bras jusqu'à sa nuque. C'est une sensation délicieuse qui la trouble. Ainsi, quand Thierry se tourne vers elle pour lui poser une question sur le film, est-elle incapable de lui répondre correctement et n'a qu'une envie : l'embrasser.

Ce doit être le romantisme du film qui fait que j'ai les émotions à fleur de peau… Il faut que je me concentre…

La jeune fille frissonne. Autant parce qu'il fait vraiment frais dans la salle qu'à cause de son émoi. Thierry délaisse sa main pour lui passer un bras derrière les épaules.

— Tu es gelée, constate-t-il tout bas.

C'est vrai qu'elle a plutôt froid. Comme il faisait chaud dehors, ils n'ont pas songé à prendre des vestes. Thierry lui recouvre le bras gauche de sa grande main. Elle s'abandonne contre lui, la tête sur son épaule.

Véronique verse une larme silencieuse lorsque Mary Jane quitte Peter Parker, sachant leur amour impossible. Thierry l'entend renifler et, de son pouce droit, lui effleure les joues pour en chasser les larmes qu'il a devinées. Il chuchote :

— Dis-moi : il pleure, Peter ? Et Mary Jane ?

Elle lui répond à demi-mots, la gorge serrée. Le film se termine heureusement sur une note plus joyeuse… Tandis que le générique défile, Thierry se tourne vers elle :

— Merci, Véronique… C'était parfait.

Je suis menteur… Écouter le film avec elle était super, mais pas parfait. Comment dire… il manque quelque chose…

Sans plus réfléchir, Thierry plonge sa main gauche dans les cheveux bouclés de Véronique, en caressant sa nuque qui est aussitôt envahie de douces étincelles. Il recouvre la joue de la jeune fille de son autre main et, en guise de remerciement, l'embrasse doucement sur les lèvres.

Enfin… se dit-elle avant de laisser un flot d'émotions s'engouffrer en elle.

Le baiser de Thierry est doux, court – trop court – mais ô combien ravageur. Laissant retomber ses mains, le jeune homme se détache un peu d'elle et dit, alors que les gens commencent à quitter leurs sièges :

— J'ai pensé... Ou, plutôt, je n'ai pas pensé... Enfin, est-ce que ça va ?

Parle-lui, idiote. Il ne voit pas combien tu es heureuse.

Véronique se racle la gorge et reprend avec humour les paroles de Thierry :

— Ça va. Merci. C'était parfait.

C'était parfait ! Elle me fait mourir de rire ! Que pense-t-elle, au fond ? Et moi, qu'est-ce qui ne tourne pas rond dans ma tête ? Tu parles d'une idée d'aller l'embrasser, comme ça... Ça m'a semblé une bonne chose à faire, sans consé-quence, sur le coup... Mais là, réfléchis un peu, Thierry ! Véronique est si sensible aux autres... Me le dirait-elle seulement si j'étais allé trop loin, trop vite, trop ?... De fait, où suis-je allé, au juste ? Shit ! J'ai tout embrouillé.

Comme ils quittent la salle, Thierry abandonne ses réflexions pour se concentrer sur le trajet. Keith, qui les attend dans la voiture, scrute le visage de son fils pendant que celui-ci traverse le stationnement au bras de Véronique. Thierry semble heureux et il a une démarche de plus en plus assurée. Véronique en prend visiblement soin ; elle marche lentement, avec prévenance. La façon qu'elle a de regarder Thierry réveille les inquiétudes de Keith. Que signifie cette expression ? Est-elle simplement fière de lui ou y a-t-il davantage entre eux ?

Non sans une petite pointe d'angoisse, Keith se demande ce qu'il adviendra de la nouvelle attitude de son fils quand Véronique partira…

Chapitre 8

Le temps maussade du début de la semaine confine les adolescents à la maison. Véronique est soucieuse. Sans éviter carrément Thierry, elle a établi une certaine distance entre eux.

Pourquoi m'a-t-il embrassée au cinéma? Il aurait bien pu m'en reparler! Il doit le regretter… Ça le mettrait sans doute mal à l'aise que moi, je le cuisine à ce sujet. N'empêche que ça me ronge… J'ai hâte à jeudi, pour aller chez Kevin. On aura peut-être l'occasion de clarifier la situation.

Véronique occupe donc les quelques jours qui la séparent de la sortie de jeudi en jouant le plus possible avec Max; elle ne veut surtout pas que Vanessa trouve à redire à son travail. Sa correspondance avec Isabelle l'aide à garder un semblant de calme…

À: Isa; ti-bis@hotmail.com
De: Véro; veroenontario@hotmail.com
Date: Le lundi 23 juillet, 22h19
Objet: Courriel du cœur

Salut, indispensable amie!

Es-tu bien assise sur ta chaise à roulettes? Thierry m'a embrassée au cinéma!!! Juste à y penser, c'est bien simple, j'en ai des frissons… Je t'entends d'ici: tu voudrais en savoir plus, mais il n'y a rien à dire de plus, justement… du moins pour l'instant. C'est arrivé il y a deux jours et on n'en a toujours pas reparlé, lui et moi. En fait, pour être franche, disons que je l'ai un peu évité depuis… Je ne sais pas trop comment aborder le sujet, alors je me sauve (pas trop mature la fille, je sais)… J'aimerais mieux que ce soit lui qui m'en parle, mais je crois qu'il est aussi gêné que moi, et mon attitude des derniers jours n'aide sûrement pas!

Ton idée de parler à Vanessa me trotte de plus en plus dans la tête, car j'ai vraiment envie de me vider le cœur… Ça fait longtemps que je me serais confiée à elle si je n'avais pas aussi peur qu'elle me mette dans le premier train pour Québec! Elle a beau être plus ouverte que Keith, je ne suis pas aussi certaine que toi qu'elle verrait d'un bon œil que son fils ait embrassé la baby-sitter… Jeudi, nous allons chez Kevin, un ami de Thierry, pour un pique-nique; selon ce qui arrivera là-bas (ou d'ici là…), je déciderai si je parle à Vanessa ou pas. Oui, oui, c'est promis-juré!

Plus ça va, plus je me dis que ça n'a pas de bon sens, cette histoire-là… Il ne me reste que trois semaines à passer ici, tu trouves vraiment que ce serait brillant de tenter ma chance avec Thierry? de risquer de créer tout un remous dans sa famille? Ma vie était tellement simple avant! (Et plate aussi, je sais que je me lamente le ventre plein…)

Véro la mélangée XXX

▲▼▲

À : Véro ; veroenontario@hotmail.com
De : Isa ; ti-bis@hotmail.com
Date : Le mercredi 25 juillet, 20h50
Objet : Go, go, go !

Salut, Véro !

Wouah ! ! ! ! Mais c'est super, ça ! Allons, cachottière, dis-moi tout : est-ce qu'il embrasse bien ? Sans farce, je comprends qu'il y ait un petit malaise entre vous deux, mais il ne faudrait tout de même pas que vous empiriez les choses en vous fuyant constamment ! C'est quoi l'idée ? ! En tout cas, j'espère que tu profiteras bien de ce fameux pique-nique pour « éclaircir » les choses… Ha ! Ha ! Ha !

Plus tu me parles de Thierry et plus je trouve, sincèrement, que ça vaut la peine de tenter ta chance, et ce, même si tu crains les conséquences. N'oublie pas, ma vieille : *qui ne risque rien n'a rien !* Alors FONCE ! ! !

Tiens-moi au courant… surtout pour les détails croustillants !

Isa XXX

P.-S. Il se peut que je ne puisse pas t'écrire avant un bout, parce que je pars avec mon groupe à un camp d'hébertisme, dans le coin de Portneuf... mais je penserai à toi!

▲▼▲

Le jeudi finit par arriver. Chacun dans leur chambre, Thierry et Véronique se préparent pour l'invitation de Kevin. Le pique-nique s'est finalement transformé en un barbecue au chalet de ses parents.

— J'ai une serviette de plage, mon maillot et des vêtements chauds pour le soir. C'est tout ce dont on a besoin? crie la jeune fille.

— Oui. Apporte ça ici, on ne prendra que mon sac. Ça devrait rentrer.

— Je prends mon appareil photo aussi.

— Si tu veux...

Est-ce que ça paraît dans ma voix que je suis mort de trouille? J'ai peur que l'accueil des autres ne soit pas aussi chaleureux que celui de Kevin... J'ai peur que Véronique me demande pourquoi je l'ai embrassée au cinéma. Je ne pourrais même pas lui répondre. J'ai peur, parce

que je suis bien avec elle mais pas avec moi-
même… Ça ne peut pas aller ensemble… Oh…
docteur Adams ! À l'aide !

— Tu n'as pas ton maillot ? remarque
Véronique en jetant un coup d'œil sur la pile
de Thierry.

— Je me ferai bronzer en short. Je ne me
baignerai pas.

Elle s'assoit sur son lit.

— Pourquoi ?

— J'étais dans la piscine juste avant mon
accident… Je sais que ça n'a rien à voir, que
c'est seulement une association d'idées, mais
me baigner, ça va être une autre étape difficile à franchir. Pas aujourd'hui.

— Je resterai avec toi, alors.

— Pas obligée… pourvu que tu m'aver-
tisses quand tu t'éloignes et que je sois en
terrain connu.

Kevin et Kathy passent les prendre peu
après le dîner. Ils bavardent de tout et de
rien pendant les trente minutes que dure le
trajet. Thierry, apprend Véronique, est déjà
allé plus d'une fois à ce chalet, situé près d'un
lac. Lorsqu'ils arrivent, Kevin leur fait faire
le tour du propriétaire, puis d'autres copains

les rejoignent. Tous échangent avec Thierry de joyeuses accolades avant de descendre à la plage.

Thierry s'est emparé du bras de son amie dès leur sortie de la voiture. Comme le sentier menant à la plage est étroit et plutôt escarpé, il doit changer de position et se place derrière Véronique, mains sur ses épaules. Elle lui décrit le parcours en avançant. Sentant son appréhension, Thierry s'empresse de la rassurer :

— Ça va, Véronique. Je suis déjà venu souvent. Je connais le terrain.

— Tu aurais dû me laisser porter le sac.

— Pas question.

— *And he says I'm stubborn!*[7] lance-t-elle tout haut, ce qui fait rire les autres.

Ils atteignent la plage sans encombre. Retirant les vêtements portés par-dessus son maillot, chacun s'installe sur sa serviette. Derrière eux arrivent d'autres amis de Kevin.

— *Thierry! It's been a long time! Wow!*[8]

---

7. Et il dit que je suis têtue !
8. Thierry! Ça fait longtemps! Wow!

— *Dave! I'm glad to see you!*[9]

Se rendant compte de ce que ses propres paroles ont de surprenant, Thierry s'empresse d'ajouter en riant, pour mettre les autres à l'aise :

— *Well, funny word I picked out, but you know what I mean!*[10]

Tous rient, heureux de constater que leur vieil ami est de retour avec son fameux sens de l'humour. Thierry présente Véronique à son ami Dave. D'un air détaché, ce dernier désigne tout bonnement sa compagne :

— *This is Kim.*

La plage est fantastique. De l'eau claire, du sable fin… Véronique est agréablement surprise devant ce trésor ontarien. Assis en cercle sur leurs serviettes, tous parlent à bâtons rompus. Elle se fatigue vite de suivre la conversation rapide en anglais. Thierry prend donc soin de lui traduire l'essentiel à l'occasion. Elle est reconnaissante qu'il lui tienne la main, ainsi, elle ne se sent pas trop à l'écart.

---

9. Dave! Je suis content de te voir !
10. Enfin… mon choix de mots laisse à désirer, mais tu comprends ce que je veux dire !

Jetant un coup d'œil autour, elle remarque que Kim ne semble pas bien connaître les autres, elle non plus, et ne participe pas davantage à la discussion. Elle murmure à l'oreille de Thierry :

— Je vais juste à côté, parler avec Kim. Je ne m'éloigne pas, d'accord ?

Il lui sourit largement en guise de réponse.

Un coup d'épée dans le ventre ne me ferait pas plus d'effet. Comment un simple sourire peut-il me remuer ainsi ? Il semble si heureux. Si Vanessa le voyait...

Avant de rejoindre Kim, elle prend rapidement une photo du groupe et une de Thierry, sans qu'il s'en aperçoive.

Kim avait d'abord paru timide à Véronique, mais cette impression s'estompe vite après leurs premiers mots. Elles discutent ensemble quelques minutes, puis le soleil de juillet tapant plutôt fort, la bande décide d'aller se baigner, laissant Véronique et Thierry seuls sur la plage.

— Mets-toi de la crème, dit Véronique en déposant le contenant de lotion solaire entre les mains de Thierry. Pour faire

changement, nous avons oublié d'en prendre !
C'est Kim qui m'en a prêté.

— Kim ? Ah, l'amie de Dave.

— Oui, quoique ce ne soit pas évi-
dent…

Thierry s'enduit le torse de crème.

— Qu'est-ce que tu veux dire ?

— Il ne s'occupe pas d'elle. Il est des-
cendu sans l'attendre. Elle marchait plusieurs
pas derrière lui quand ils sont arrivés. Je suis
certaine qu'il aurait oublié de nous la pré-
senter si tu ne lui avais pas donné l'exemple.
Ensuite, il se met à jaser avec vous tous et il
la laisse se débrouiller seule.

— Et alors ? Est-ce qu'elle s'en plaint ?
Tu veux me mettre de la crème dans le dos
s'il te plaît ?

Véronique s'exécute.

— Non, elle ne s'en plaint pas, mais…

— Est-ce que tu trouves que moi, je ne
me suis pas occupé de toi ?

— Au contraire et ça t'est naturel. Tu es
le genre de personne qui s'occupe des autres.
Mais Dave…

— C'est un bon gars. Ne le juge pas trop
vite.

— Alors il n'a pas envie d'être avec elle.
Prends Kevin : il tenait Kathy par les épaules

tout le long de la conversation, il l'incluait
dans le groupe.

— J'en conclus que Dave et Kevin ont
des caractères différents. Tu vois des problèmes là où il n'y en a pas. Viens plus près
que je te tartine le dos.

*À défaut de la voir en maillot… Oh yes! Un
deux pièces! J'ai bien fait de venir, finalement…
En plus, c'est super d'être avec mes amis. Je ne
m'étais pas rendu compte qu'ils m'avaient
autant manqué…*

Véronique observe les autres dans l'eau.

— Kim sort du lac. Toute seule. Tu vas
voir, prédit-elle en prenant la crème pour
continuer, elle va venir s'asseoir et me parler
de ce qui ne va pas. Elle semble déprimée.

— Tu exagères peut-être.

— On va voir qui a raison! Elle arrive.

L'adolescente a vu juste, à une exception
près: Kim va étendre sa serviette auprès
de Thierry, dont elle fait son confident.
Véronique se sent frustrée et même un peu
jalouse en constatant que Thierry change
d'attitude et devient soudain attentif aux
problèmes de Kim. Abattue, elle se dirige
sans avertir vers le chalet et s'enferme dans

les toilettes. Seule dans la petite pièce, elle se plante devant le miroir fixé au-dessus du lavabo.

Relaxe, Véro… Kim ne va pas lui sauter dessus. Tu n'as aucun droit d'être jalouse. Pourquoi Kim ne parlerait-elle pas à Thierry ? Il est beau, sympathique et sûrement pas banal… C'est normal que d'autres filles s'intéressent à lui, même s'il est aveugle. Tu n'as pas le monopole.

Après s'être adressé une grimace dans le miroir, Véronique regagne lentement la plage. Thierry y est seul. Elle s'allonge près de lui sans rien dire.

— Véronique, c'est toi ?!

Immédiatement alarmée par la détresse décelée dans la voix de son ami, elle lui prend la main.

— Oui, c'est moi.

— Où étais-tu passée ?

— Aux toilettes.

— J'ai eu peur. Je pensais que tu étais juste à côté, que tu étais partie marcher tout près. Quand Kim est retournée à l'eau, je t'ai appelée…

Oh non ! Quelle imbécile je suis.

— … et tu ne répondais pas. J'ai touché ta serviette : vide. Je me suis assis, un peu paniqué, mais je n'ai pas voulu crier pour ne pas alerter tout le monde inutilement. Je me suis dit que rien n'allait arriver, que tu allais revenir…

Stupide, débile, idiote…

— Excuse-moi, articule-t-elle avec peine, la gorge nouée.

Elle serre la main de Thierry dans la sienne.

— Je suis trop impulsive. Oh, je m'en veux tellement, Thierry. Tu me pardonnes ?

— Ça dépend. La prochaine fois que tu piqueras une crise de jalousie, préviens-moi à l'avance ! lance-t-il, railleur.

Véronique laisse échapper un « pfff » peu convaincant :

— Moi, jalouse ?

— Je sais que j'ai raison.

— Bon. Un tout petit peu alors. J'avoue.

Thierry rit de bon cœur.

— Cinq à trois ! Kim est seulement venue me voir, moi, pour avoir l'opinion d'un gars.

— Ah… Et ?

— Tu avais raison. Elle est allée parler à Dave.

S'étendant sur le dos, Véronique soupire :

— J'espère que tout s'arrangera pour eux.

Mais peu avant le souper, Kim vient les retrouver pour leur annoncer qu'elle et Dave ont rompu. Véronique est consternée. Même si elle et Thierry insistent pour qu'elle mange avec eux malgré tout, Kim préfère appeler son père et partir.

— *It would be too embarrassing to stay since everybody knows about us. I should have had the courage to talk to Dave before. Thank you for the advice, Thierry.*[11]

— *I'm sorry.*[12]

— *Don't be. I guess it's better this way.*[13]

Elle part effectivement peu après.

— Je suppose que tout le monde ne peut pas être aussi heureux que moi, soupire

---

11. Ce serait trop embarrassant de rester étant donné que tout le monde est au courant. J'aurais dû avoir le courage de parler à Dave avant… Merci pour tes conseils, Thierry.
12. Je suis désolé.
13. Ne le sois pas. Je suppose que c'est mieux ainsi.

Véronique alors qu'ils sont toujours dans le stationnement où ils ont accompagné Kim.

— Tu es heureuse ? Élabore un peu... Pourquoi ?

Debout devant elle, Thierry a ce sourire espiègle qu'elle aime tant. Véronique est merveilleusement bien auprès de lui, même s'il ne semble pas vouloir reparler de ce baiser au cinéma, dont elle ne sait toujours pas quoi penser. Elle se sent de plus en plus proche de lui et souhaite le même bonheur à la terre entière.

Tout le monde est à l'intérieur... Ce serait le temps de s'expliquer...

— Je suis heureuse... parce qu'on est ici, ensemble.

Ça va suffire pour l'instant. Je ne vois pas pourquoi j'élaborerais : il ne me parle pas de ses sentiments, lui.

Elle lui prend la main.

— Viens, allons rejoindre les autres à la cuisine. Ça va, par la main ?

— Non. Je préfère ainsi...

Comme lors de leur sortie au cinéma, il passe un bras derrière ses épaules.

— Ce n'est pas aussi bien qu'avec le bras, mais ça a des avantages…

Chacun fait sa part pour préparer le souper. Thierry façonne des boulettes de bœuf haché tout en plaisantant pendant que Véronique coupe des légumes pour une trempette. L'atmosphère est très joyeuse malgré le départ de Kim. Au coucher du soleil, tous se changent avant d'aller s'asseoir autour d'un feu érigé plus loin sur la plage. Une radio portative diffuse de la musique. Thierry semble songeur. Le menton sur les genoux, les mains nouées autour des jambes, il a le visage tourné vers le feu. Véronique se rapproche pour lui parler.

— Quelque chose ne va pas ? murmure-t-elle en lui posant la main sur un bras.

Thierry hausse les épaules, silencieux. Elle passe un bras derrière lui et le secoue légèrement.

— Allez, dis-moi…

La musique joue doucement. Les autres bavardent.

— Le feu… Je l'entends crépiter, je sens sa chaleur, mais je ne le vois pas… J'ai peur d'oublier à quoi ressemblent les choses… Je me rappelle encore de quoi ont l'air les flammes qui dansent, mais qui sait si dans cinq ou dix ans je m'en souviendrai toujours ? C'est la même chose pour tout le reste…

Compatissante, Véronique appuie sa tête contre l'épaule de Thierry en souhaitant pouvoir faire plus pour lui, trouver des mots réconfortants, prendre sur elle une partie de sa peine.

— J'essaie de comprendre, murmure-t-elle, mais je ne sais pas quoi faire pour t'aider.

— Viens ici.

Elle lève la tête. Thierry lui tend les bras et l'invite à s'asseoir entre ses jambes. Il l'enlace et chuchote à son oreille :

— Tu sais toujours quoi faire pour que je me sente mieux.

— Présentement, c'est moi qui me sens mieux !

En s'appuyant contre son torse, elle sent battre dans son dos le cœur de Thierry.

— Quand j'étais petite et que nous allions en camping, je m'amusais à fermer les yeux près du feu. J'aimais sentir la chaleur sur ma peau. Ce que je préférais, c'était entendre les crépitements, qui me paraissaient alors amplifiés.

Elle se tait. Thierry la serre plus fort et la berce lentement. Il murmure contre son oreille :

— Tu es vraiment extraordinaire, tu sais ?

Véronique s'écarte juste assez pour tourner la tête et le regarder. La lueur du feu éclaire son visage.

— Tu es beau…

— Toi aussi.

— Tu n'en sais rien !

— Mais si. Je t'invente un visage d'après ce que tu es, des traits qui correspondent à ta personnalité, et je te trouve ravissante. Sincèrement.

Cette fois-ci, c'est elle qui amorce le baiser. Peu lui importent les gens autour. Le monde s'efface. Thierry sent le souffle de Véronique s'approcher, rejoindre le sien. Il n'a pas le temps de se poser une multitude de questions, comme après le cinéma. Il répond à son baiser avec une infinie tendresse, en la tenant toujours entre ses bras. Tandis qu'Avril Lavigne chante *My Happy Ending*, une volée de papillons s'agite dans le ventre de Véronique.

Je pourrais remplir le jardin botanique au complet… Un papillon par fleur…

La délicatesse du baiser ne lui suffit pas… Sa langue se glisse doucement à la rencontre de celle de Thierry. À son contact, un long frisson sillonne son corps. D'abord surpris – agréablement surpris – Thierry, qui n'aurait pas osé aller plus loin de lui-même, réagit, donnant libre cours à ses émotions des derniers jours, longuement analysées, réfléchies, retenues… Une main sous la nuque de la jeune fille, il lui renverse un peu plus la tête, intensifiant le baiser. Quand elle sent la main libre de Thierry lui parcourir le dos en éveillant d'autres ondes de plaisir, un irrépressible gémissement monte de la gorge de Véronique. Cette douce plainte le bouleverse. Quittant à regret ses lèvres, il lui parsème le visage d'une pluie de petits baisers, puis la serre contre lui, soupirant d'aise.

— Tu es bien ? murmure-t-il.

Elle acquiesce d'un mouvement de la tête, incapable d'émettre un son, encore tout engourdie de bonheur.

— Ça veut dire « oui » ?

— Mmm. Oui…

— *Hey, Thierry ?*

C'est Gary, un de ses amis, qui s'exclame malicieusement :

— *We were all wondering what was going on between you two… Now we know !*[14]

La remarque de son copain laisse Thierry songeur.

Tant mieux pour eux s'ils sont fixés, parce que moi, je ne le suis absolument pas.

▲▼▲

Vanessa s'est levée tôt. Alors qu'elle pénètre dans la cuisine, elle a la surprise de trouver Véronique en pyjama, attablée devant une tasse de café.

— Bonjour, Vanessa.

— Tiens, tiens ! dit cette dernière, désignant sa tasse. Je croyais que tu n'en buvais pas ! Tu te lèves tôt ! Keith est parti ?

— Oui, il vient juste. Je n'ai pas beaucoup dormi… J'essaie le café pour me réveiller.

Vanessa s'assoit près d'elle, attentive.

— Mauvaise soirée ?

---

14. On se demandaient tous ce qu'il y avait entre Véronique et toi… Maintenant, on est fixés !

Véronique la regarde avec les yeux brillants.

— Oh non, bien au contraire… laisse-t-elle échapper avant de lui raconter une version épurée des récents événements.

— Je suis si bien avec lui. Et maintenant, je ne sais plus quoi penser.

— Quoi penser de?… laisse traîner Vanessa dans l'espoir que Véronique étoffe un peu sa réflexion.

— De tout. J'ai la tête grosse comme ça.

La jeune fille accompagne sa remarque d'un geste éloquent, avant de poursuivre:

— Je suis bien avec Thierry… mais je dois retourner chez moi dans trois semaines. Je me sens incapable de m'imaginer le laissant derrière comme si de rien n'était.

— Comme si rien n'était de quoi?

Véronique, fixant Vanessa, sent ses yeux se mouiller.

— Je veux dire que j'éprouve des sentiments disons… profonds, envers Thierry.

— Malgré sa cécité, tu penses au long terme?

— Je m'imagine souvent ce que représente pour lui la vie de tous les jours. Je sais qu'il ne pourra jamais conduire une voiture… Quand on va au parc, je réalise qu'il ne pourrait pas surveiller Max comme je le fais, ni aucun enfant en bas âge… mais ça ne me dérange pas…

— Et l'opinion des gens ?

— À cinq ans, j'avais les mains pleines de verrues ; à neuf ans, j'ai porté un appareil dentaire pendant plusieurs mois. J'ai appris très tôt à ne pas me préoccuper de l'opinion des autres, Vanessa. Quand je suis avec Thierry, je suis plutôt fière de lui.

— Mais toutes les contraintes que son état amène… Tu y penses ?

— J'ai un ami allergique à la moitié du guide alimentaire. Je n'exagère presque pas ! Ça limite énormément, ça aussi, mais je m'y suis habituée et c'est devenu comme automatique d'éliminer certains choix. Avec Thierry, c'est pareil. Être aveugle, c'est pire qu'être allergique, mais j'essaie de te faire comprendre que ça ne représente pas un obstacle majeur pour moi… sauf que pour lui, je ne sais pas.

— Comment ça ?

— Ça l'insécurise peut-être de s'investir dans une relation… Il n'est peut-être pas prêt à aller plus loin. Il ne me dit rien. Il veut toujours savoir pourquoi je suis heureuse, mais lui ne se confie pas. S'il se retient, c'est qu'il a une raison… Il ne ressent peut-être pas la même chose que moi…

— C'est-à-dire ?

— Comment ça, « c'est-à-dire » ?

— Est-ce que tu l'aimes ? demande doucement Vanessa.

Véronique s'étrangle avec une gorgée de liquide chaud. Avant de répondre, elle jette un coup d'œil automatique vers l'escalier, comme pour s'assurer que Thierry n'y est pas.

— Est-ce que je l'aime ?! Est-ce que je l'aime ? Je ne sais pas. Dis-moi, est-ce de l'amour que de me sentir si bien avec lui que je ne veuille plus repartir chez moi ?

— C'est ce que tu ressens ?

Les yeux toujours humides, la jeune fille acquiesce.

— Mais qu'est-ce que ça change que je l'aime, si lui ne m'aime pas autant ?

— C'est ça qui te fait pleurer ? Il faudra pourtant que tu te confies à lui avant de partir, pour en avoir le cœur net.

— J'ai trop peur.

— Moi, j'ai peur que lui t'aime en silence et te regarde partir le cœur brisé, pensant que tu ne ressens pas la même chose que lui…

— Et s'il ne m'aime pas ?

— Fais confiance à la vie. L'amour, c'est rempli de risques…

Chapitre 9

— Je peux entrer ? s'informe Véronique devant la porte entrebâillée de la salle de bain.

— Oui ! Je suis décent !

Fidèle à ses engagements, Véronique s'est levée tôt le samedi matin pour s'occuper de Max. Quand Vanessa a pris la relève, elle est montée à la salle de bain afin de récupérer un bandeau oublié la veille. Thierry, en bas de pyjama, se tient devant le lavabo. Son torse nu, bruni par le soleil, réveille quelques petits papillons chez Véronique.

— Tu as pris des couleurs !

— Ah oui ? Tant mieux.

Elle s'approche de lui.

— Je cherche un bandeau en jeans que j'ai dû…

Il attrape sans hésiter un morceau de tissu posé près d'un robinet.

— C'est ça?

— Oui! Merci.

Véronique entreprend de se coiffer tandis que Thierry ouvre un tiroir. Voyant ce qu'il en retire, elle s'exclame, surprise:

— Tu vas te raser?!

— Oui. Vois-tu, ce n'est pas vraiment mon style, la barbe.

— Ne te moque pas… Je suis seulement étonnée de tout ce que tu as dû apprendre à faire sans voir. Je n'avais jamais pensé au rasage. Comment tu y arrives?

— C'est assez facile avec un rasoir électrique.

— Je peux te regarder faire?

— Si ça t'amuse.

Elle s'adosse au comptoir et l'observe, se remémorant sa conversation de la veille avec Vanessa.

Je dispose de vingt et un jours, en comptant aujourd'hui, pour lui dire que je l'aime. Ce serait romantique, maintenant, dans la salle de bain. Qu'est-ce qui est mieux: tôt ou tard?

Tôt : j'en profite avant de partir s'il est sur la
même longueur d'onde que moi… Mais si, au
contraire, il m'annonce qu'il n'entrevoit pas de
relation durable entre nous, ce dont j'ai peur, je
risque de passer une fin de séjour plutôt triste…
si toutefois j'ai le courage de rester après ça.
Mais c'est presque impossible qu'il ne m'aime
pas au moins un peu. Je le sentirais ! D'un autre
côté, si j'attends à la dernière minute pour lui
dévoiler mes sentiments, je me prive peut-être de
magnifiques journées avec lui !

— Véronique !

— Hein, quoi ?

— Ça fait deux fois que je te demande
quel temps il fait.

— Oh ! Un temps de canard… Il pleut.
Je pense que je vais écrire à mon amie Isabelle
et à mes parents.

— J'aimerais envoyer un courriel à
Kevin pour le remercier du pique-nique…
Tu m'aides à le faire avant ?

Alors qu'ils descendent au sous-sol, le
jeune homme lui demande si elle s'ennuie de
ses parents et de ses amis après un mois passé
loin d'eux.

— C'est drôle, mais pas tellement. J'aurais souvent le goût de leur parler, je pense à eux, mais je suis bien ici…

Je pourrais tout lui dire maintenant : « Je suis bien ici parce que je t'aime. » On sera tout seuls en bas, ce serait un bon moment.

Mais elle n'en fait rien, s'inquiétant plutôt pour Thierry, qui progresse lentement dans l'escalier. Une fois dans le bureau, Véronique s'installe devant l'ordinateur tandis qu'il lui dicte quoi écrire à Kevin. Le courriel envoyé, Thierry annonce qu'il remonte. L'adolescente l'attrape par le poignet alors qu'il s'apprête à quitter la pièce :

— Attends, Thierry, dit-elle d'un ton précipité.

Ah non, je ne peux pas. Vite, cherche quelque chose d'autre à lui dire…

— Il doit sûrement exister une façon d'adapter l'ordinateur pour toi, tu sais.

— Maman est au courant de tout ça. Jusqu'à maintenant, je n'ai pas trop voulu l'écouter, ajoute-t-il, l'air contrit. Une chose est sûre, il va falloir que je me mette sérieusement au braille.

— Sérieusement ?

— Oui. J'ai commencé, mais je n'étais pas dans de bonnes dispositions… Maintenant, c'est différent… Allez ! Je te laisse à ta correspondance.

Il lui décoche son sourire dévastateur, celui qui lui fait bondir le cœur, et elle le retient une deuxième fois.

— Thierry ? Heu… Je ne t'ai pas beaucoup vu hier et je voulais te dire que j'ai vraiment passé une belle soirée jeudi…

Je vais voir ce qu'il va me répondre…

Le visage de Thierry s'illumine. Il pose ses mains sur les épaules de la jeune fille et se penche vers elle :

— Moi aussi, murmure-t-il dans ses cheveux, tout en y déposant un baiser. Et maintenant, Véronique, au travail !

Il part, la laissant seule avec ses interrogations, ses sentiments et une décharge électrique à calmer…

Plutôt encourageant.

Elle compose d'abord un courriel de nouvelles générales pour ses parents, puis en arrive à Isabelle.

À: Isa; ti-bis@hotmail.com
De: Véro; veroenontario@hotmail.com
Date: Le samedi 28 juillet, 9h22
Objet: Embrouille...

Chère Isa,

Je sais que tu es toujours à ton camp, mais il fallait absolument que je t'écrive un petit mot parce que la saga Véronique-Thierry-Et-La-Famille-Currie se poursuit!

Premièrement: on s'est encore embrassés chez Kevin et c'était du sérieux cette fois-là, je peux te le dire... Ce qui me tue à petit feu, c'est qu'on n'en a pas plus parlé après... Je ne sais donc toujours pas ce qu'il ressent. Moi, je crois de plus en plus que je l'aime sincèrement et ce, malgré le fait qu'il est aveugle. Je considère que, plus encore que son handicap (dont je m'accommode plutôt bien dans les faits), c'est la distance qui pose un problème...

surtout que je ne suis pas à la veille d'avoir une voiture...

Deuxièmement (et là, tu vas être contente), j'ai finalement parlé à Vanessa. Tu ne sais pas ce qu'elle m'a conseillé? De confier mes sentiments à Thierry!!! Facile à dire... J'ai tellement peur qu'il ne partage pas les miens... Elle, elle craint plutôt que Thierry se sente rejeté si je ne lui parle pas la première! Mais ça, c'est à supposer qu'il m'aime...

Me suis-tu? Quelle embrouille! (*soupir*)

J'ai hâte que tu reviennes, Isa... Si ça continue, je pense que je vais virer folle!

Véro XXX

P.-S. Un camp d'hébertisme, ça doit être rempli de beaux petits moniteurs pétants de santé!?

Ses courriels envoyés, Véronique s'étire sur la chaise à roulettes et se met à rêvasser. Fermant les yeux, elle imagine de nombreuses situations, toutes plus différentes les unes que les autres, où elle annonce à Thierry qu'elle l'aime.

Je devrais me lancer dans le cinéma : je suis douée pour inventer des scénarios.

Perdue dans ses pensées, elle n'entend pas Thierry qui fait irruption dans la pièce. Croyant d'abord qu'elle est absente, il s'apprête à repartir quand le bruit de ses pas sort Véronique de sa rêverie.

— Thierry ! Tu me cherches ?

— Ah ! Tu es là ! Mes parents vont magasiner à Toronto, au Eaton Center, avec Max. Tu veux y aller ?

— J'y vais si tu m'accompagnes.

— Pas question. Je déteste magasiner.

— Avec moi, ce n'est pas pareil ! argumente Véronique, espiègle. On va s'amuser ! Viens. Je ne veux pas y aller seule avec ta famille. Et puis tu pourrais te pratiquer à marcher avec ta canne.

— Encore moins !

— S'il te plaît !!!

— Je t'ai déjà dit de ne pas prendre cette voix-là… De quoi as-tu tant besoin ?

— D'une carte d'anniversaire pour mon père, et puis on pourrait aller fouiner dans les disques…

— Si tu me prends par les sentiments…

▲▼▲

Les allées grouillent de clients. Vanessa suggère à Thierry de se chercher de nouveaux pantalons et chandails, puis elle s'éloigne de son côté avec son mari et Max. Les adolescents partent au hasard. Thierry se fraie un chemin tant bien que mal parmi tout ce monde. Bien qu'elle en ait envie, Véronique se retient de lui donner la main, se disant qu'il doit apprendre à se diriger seul avec sa canne.

— Véronique, tu es toujours là ? demande soudain Thierry à voix basse.

— Oui. Où veux-tu que je sois ?

— Je ne sais pas. Je ne t'entendais plus jacasser comme d'habitude et… Ouch ! Tu m'as pincé ! crie-t-il, faussement outragé.

— Ça t'apprendra ! Comment te sens-tu, à part la toute petite pincette, bien sûr…

— Très drôle. Je suis stressé. C'est cacophonique ici. Et je me fais bousculer sans pouvoir prévenir les coups. Donne-moi ton bras.

— Tu as ta canne pour te diriger.

— Ta main, alors. Juste pour que je sache que tu es là…

— Tantôt. Essaie un peu de marcher seul. Je vais rester plus près. Et jacasser, si ça te rassure.

Le cœur gonflé d'admiration devant Thierry qui avance bravement, Véronique scrute son visage concentré. Elle est tellement absorbée qu'elle entre en collision avec un homme d'affaires, qu'elle ne fait qu'entrevoir, puisqu'il poursuit hâtivement son chemin.

— C'est ce qui arrive quand on ne regarde pas devant soi ! la nargue Thierry en riant. Tu avais raison : on s'amuse !

— Comment peux-tu savoir que je ne regardais pas devant moi ?

— Tu *me* regardais : j'ai senti ton souffle sur ma joue.

— Ce n'est pas juste !

— Six à trois pour moi ! Qu'est-ce que tu avais à m'observer ?

— Rien.

Oubliant sa résolution de le laisser marcher sans son aide, elle lui prend la main, cédant ainsi à son envie de le toucher.

— Je suis sûr que tout le monde me regarde ; tu n'es pas la seule.

Même s'il est indéniable que plusieurs regards s'attardent sur eux, Véronique choisit de n'en rien dire à Thierry.

— Pas du tout. Et puis, même si c'était vrai, qu'est-ce que ça ferait ?

— Es-tu embarrassée de marcher avec un non-voyant ?

Elle s'arrête pile, lui fait face. Les gens les contournent.

— Tu as de ces idées, vraiment ! Si tu veux savoir, je t'observais parce que je t'admire. Je suis fière d'être vue avec toi.

Parce que je t'aime…

— Fière ? Je ne comprends pas pourquoi…

— Oui. Bon, on n'en parle plus. Je suis fatiguée de jacasser.

Il me niaise ou quoi ? « Je ne comprends pas pourquoi… » Il ne pourrait pas se forcer un peu pour lire entre les lignes ? Si je suis fière et que je l'admire, c'est parce que je l'aime… Il m'épuise ! Je suis plutôt à bout de chercher une façon de lui

mettre les yeux en face des trous – enfin, je me
comprends. Respire, Véro…

C'est alors que son regard tombe sur la
main de Thierry qu'elle tient dans la sienne.
Elle la laisse à contrecœur.

— Hé ? Ta main ! dit-il en s'arrêtant
net.

— Un oubli de ma part. Il faut vraiment
que tu marches seul.

Même si j'aimerais beaucoup mieux, moi aussi,
qu'on garde ce contact… Je suis une vraie
girouette. Je veux lui donner la main, mais je
tiens à ce qu'il prenne sa canne. Je suis heureuse
d'être ici avec lui, mais j'aurais envie de l'étriper.
J'aime Thierry, mais il m'énerve en même
temps, à force de ne rien vouloir comprendre.

— Ça ne compte pas, juste la main !
J'étais bien.

— Pas sûre ! C'est certainement difficile
de garder l'équilibre avec les deux mains
occupées.

— Je peux ranger ma canne !

— N'essaie pas !

— Tête dure !

— Je le prends comme un compliment. Avance !

Ils vont d'abord dans une librairie pour que Véronique choisisse une carte. En sortant, elle propose qu'ils s'occupent d'abord de ses vêtements, puis qu'ils aillent passer le temps qu'il leur restera dans les postes d'écoute chez le disquaire. Dans un établissement à grande surface, l'adolescente décrit plusieurs pantalons à Thierry, qui les rejette pour diverses raisons : trop de poches, trop minces… Devant une paire qui lui semble convenir, il se renseigne :

— De quelle couleur est celui-ci ?

— Beige. Il existe aussi en vert et en bleu.

— Je vais essayer le beige.

Le pantalon sous le bras, Véronique l'entraîne ensuite vers les chandails.

— C'est beau, vert lime, fait-elle remarquer.

— Tu es folle ou quoi ?

— Sérieux ! C'est la mode. Ça t'irait bien !

— J'aurais l'air d'une fille.

— Tu porterais du rose bonbon que tu ne ressemblerais pas à une fille !

— Pourquoi ? Je marche comme un cow-boy ?

— Tu sais ce que je veux dire…

— Aucune idée.

— Vous allez à la chasse aux compliments, Monsieur ?

— Oui : la saison est ouverte !

Véronique rit, sans toutefois répondre à sa question. En déambulant dans les allées, elle trouve plusieurs chandails pour Thierry, qui va s'enfermer dans une cabine d'essayage. Elle reste devant la porte pour donner son opinion. Il prend finalement deux gilets et un pantalon.

En quittant le magasin, Thierry propose une halte pour prendre une boisson. Ils s'attablent donc à un restaurant-minute.

— Je suis contente, dit subitement Véronique d'une voix égale. Tu es beau dans le vert lime.

Thierry en crache sa gorgée.

— Tu n'as pas fait ça ? Je ne te pardonnerais pas.

Il est catastrophé.

— Mais ça te va vraiment bien…

— N'essaie pas de te justifier. C'est malhonnête.

— Je trouve ça honnête, au contraire. J'aurais pu ne jamais te le dire.

Thierry ne répond pas. La jeune fille prend quelques gorgées, légèrement inquiète. Scrutant le visage de son ami, elle n'y lit rien. Finalement, il dit, très calme :

— Je t'ai fait confiance. J'aurais pu demander à une vendeuse, mais ça ne m'a même pas traversé l'esprit. Et le plus drôle, Véronique Saint-Louis, dit-il en se penchant vers elle, c'est que je sais que j'ai eu raison.

— Raison ?

— Oui. Je suis persuadé qu'il n'y a pas un fil de vert lime dans les vêtements que j'ai achetés. Je ne suis pas inquiet du tout. Tu me fais marcher.

Elle prend une petite voix incertaine :

— Mais Kevin portait un chandail vert lime quand on l'a vu au cinéma…

— Et ?

— Tu en as essayé un semblable et tu étais très beau dedans. Vraiment. Mais je l'ai laissé de côté.

— Je le savais !

— Comment ça ?

— Je te l'ai dit : j'ai confiance en toi. Et puis tu avais juré de ne pas recommencer ce genre de blague.

— J'avoue. Je voulais juste te faire marcher parce que tu m'as traitée de pie.

Et parce que tu ne vois pas clair en moi !

— Je marque encore ! Sept à trois ! Et c'est toi qui disais que tu allais me battre ! ?

Leur conversation soutenue, ponctuée d'éclats de rire, fait tourner bien des têtes. Véronique ne s'en rend pas compte, toute à son bonheur d'être avec Thierry. C'est vraiment le dernier de ses soucis…

▲▼▲

— Le souper est prêt, annonce Thierry en entrant dans la chambre de Véronique.

— Merci. J'arrive, j'ai presque fini de déballer mes achats, répond cette dernière en rangeant le dernier CD d'Avril Lavigne dans son boîtier.

Lors de leur arrêt au magasin de disques, elle en a profité pour acheter cet album, qui lui rappelle sa soirée passée autour du feu…

— Thierry, tu sais ce qui me plairait, après le repas ?

Il secoue la tête.

— J'aimerais t'entendre jouer du piano.

— Ça peut s'arranger… répond-il sans se faire prier, étonnamment.

Il la prend par la taille :

— Mais ça se paie.

Elle glousse, ravie.

— Profiteur !

— À toi de décider, alors. Rien ne t'y obli…

Elle lui coupe la parole de façon on ne peut plus plaisante.

— J'ai peur que Max arrive, chuchote-t-elle. Alors, est-ce que ça suffira ?

— Disons que c'est un acompte !

▲▼▲

— Qu'est-ce qu'on entend ? demande Keith alors qu'il achève de ranger la cuisine avec sa femme et Véronique.

— Mais… c'est Thierry qui pratique ses gammes ! s'exclame Vanessa, émerveillée, en courant au salon, suivie du reste de la famille.

En bon maître de cérémonie, le jeune homme leur fait signe de prendre place et attaque un air entraînant d'Elton John.

— Je suis prêt pour les demandes spéciales! lance-t-il, visiblement de bonne humeur.

Après avoir interprété plusieurs pièces, Thierry cède le banc à sa mère, qui poursuit le concert. Rejoignant Véronique sur le divan, il pose un bras sur le dossier du meuble, derrière elle, et joue discrètement dans ses cheveux bouclés. Même si ses gestes sont à peine perceptibles, il ne veut pas prendre de risques inutiles et retire bientôt sa main.

Il ne manquerait plus que papa ou maman se mette à me questionner… Et puis, je ne sais pas si c'est une bonne chose que je démontre toute cette affection à Véronique, étant donné que ça ne mènera nulle part… Il y a trop d'obstacles… La distance, mon handicap…

Tentant de se raisonner de la sorte, Thierry sent son cœur se serrer… Les sensations de vide, de désespoir des mois passés viennent le hanter à la seule idée d'être privé de la joie de vivre de Véronique.

Si Keith avait pu à ce moment ressentir la douleur de son fils, il aurait probablement congédié la jeune fille sur-le-champ…

Chapitre 10

Les jours suivants, remplis de sorties avec Max et Thierry, s'écoulent à toute vitesse. Le jeune homme semble de mieux en mieux dans sa peau. À la grande joie de ses parents, il se met même à l'étude du braille, mais de façon autodidacte, avec une trousse que s'est procurée sa mère. Il refuse toujours de s'inscrire à l'école, spécialisée ou non, mais chacun s'entend pour le laisser évoluer à son rythme.

— Que fais-tu, toi, à la rentrée ? demande un jour Thierry à Véronique.

Le visage de cette dernière s'assombrit un peu à la pensée de son départ de plus en plus imminent.

— Je vais au cégep, que vous n'avez pas ici.

Elle lui explique de quoi il retourne, puis précise qu'elle doit y faire deux ans, en sciences, avant de s'inscrire à l'université.

— Je ne sais pas en quoi pour l'instant, quelque chose dans le domaine de la santé ou en psychologie, probablement.

Tout en parlant, Véronique se rend compte qu'elle a hâte de retourner à ses études, mais, en même temps, elle ignore ce que sera sa vie loin de Thierry. Elle n'est toujours pas parvenue à libérer les mots qui lui martèlent le crâne jour après jour depuis sa fameuse conversation avec Vanessa. Elle se sent déprimée.

À : Isa ; ti-bis@hotmail.com
De : Véro ; veroenontario@hotmail.com
Date : Le mercredi 1er août, 15h06
Objet : Calme plat… jusqu'à quand ?

Salut Isa !

J'ai reçu ta carte postale avant-hier (perdue dans un paquet de factures et de circulaires) ! Le moins qu'on puisse dire, c'est que tu n'as pas l'air de t'ennuyer au camp ! Certains jours, j'aimerais vraiment aller te rejoindre; je me dis qu'un bon bol d'air frais m'aiderait peut-être à y voir plus clair dans mes histoires de cœur...

Je serai de retour chez moi dans un peu plus de deux semaines et la poule mouillée que je suis a bien l'intention de parler à Thierry d'ici là (toujours à la dernière minute, je sais...). Parfois, je me dis qu'il préfère peut-être laisser les choses ainsi, c'est-à-dire calmes, simples et sans lendemain. Sincèrement, je ne suis pas certaine de pouvoir faire face à ça... j'ai peur de m'écrouler devant lui s'il ne dit pas ce que je souhaite qu'il dise... Au moins, t'écrire m'aide à réfléchir (tu devrais me voir fixer l'écran!)...

La fin de semaine prochaine, Keith et Vanessa seront absents (ne t'emballe pas trop vite!). Quand Vanessa m'en a parlé, j'ai compris qu'elle me faisait confiance, qu'elle se fiait à mon sens des responsabilités pour que rien de fâcheux (oui, oui! c'est le terme qu'elle a employé!) ne se produise entre Thierry et moi... J'étais dans mes petits souliers... et j'aime autant ne pas savoir si elle a tenu le même discours à son fils...

En bégayant comme jamais, je l'ai rassurée et lui ai dit que je n'en étais pas rendue là… Mon Dieu ! J'ai des chaleurs juste à y repenser… « Fâcheux », tu crois que ça inclut les baisers passionnés ?

Véro xxx

▲▼▲

— Tu veux mettre un disque, Thierry ?

Après avoir couché Max, ce samedi-là, Véronique est allée rejoindre le jeune homme au salon. Derrière les rideaux tirés, un orage particulièrement violent se déchaîne. Une pluie torrentielle tambourine contre les fenêtres, la rendant nerveuse. Secrètement, la jeune fille espère que la musique parviendra à masquer ces sons effrayants… Elle observe Thierry.

— Quand tu sauras lire le braille, tu pourras mettre des étiquettes sur les disques, au lieu d'être obligé de les classer par ordre alphabétique.

— C'est sûr…

La musique s'élève, pas trop forte cependant pour ne pas éveiller Max.

— Tu te souviens ? demande Thierry en s'assoyant près d'elle.

— C'est Blink 182. Tu l'as mis à la même chanson qui jouait quand je suis entrée ici la première fois. Dans ma tête, je l'ai baptisée « La chanson des Smarties ».

Il rit et elle se blottit contre lui, songeuse.

— Je vais m'ennuyer de toi… murmure-t-elle.

Il lui caresse le bras.

— Ne sois pas triste. Il… Il te reste encore quelques jours ici.

J'ai presque dit : « Il nous reste… » Mais je ne crois pas qu'il y aura jamais un « nous », bien que j'adore la serrer contre moi… Pourquoi faut-il que ce soit si compliqué ? Et elle, qu'est-ce qu'elle me trouve ? Il y a toutes les chances qu'elle m'oublie vite, une fois loin. Le but qu'elle s'était fixé de me remettre sur pied étant réalisé, la poussière va retomber. Et elle va rapidement se rendre compte qu'elle peut trouver beaucoup mieux que moi.

Longtemps, ils restent ainsi, assis côte à côte, sans parler. Quoiqu'elle soit hantée par l'idée d'ouvrir la bouche et de déballer enfin son secret, Véronique n'ose pas rompre ce moment d'intimité tranquille. Au fil des jours, son amour pour Thierry a grossi, grossi, jusqu'à former une boule tellement immense qu'elle lui donne l'impression d'étouffer… Jamais elle n'aurait dû attendre aussi longtemps avant de s'ouvrir à lui. Maintenant, c'est pire que pire.

Véronique monte se coucher tôt, maudissant son manque de courage qui, elle en est persuadée, l'a privée d'une très belle soirée… La tempête bat son plein à l'extérieur. Quand ce n'est pas la pluie qui claque à sa fenêtre, c'est le tonnerre qui la fait sursauter. Elle ne trouve le repos qu'après s'être retournée dans son lit pendant près d'une heure.

Et cela ne dure pas. Les pleurs de Max la tirent du sommeil alors que son réveil de voyage indique deux heures douze. Entre le bruit du vent qui hurle et Max qui s'époumone, Véronique réalise soudain qu'il lui revient d'aller consoler le petit. Elle s'assoit lentement dans son lit. Désorientée, elle met de longues secondes à se rendre compte que la veilleuse du corridor est éteinte. En vain, elle tente d'allumer sa lampe de chevet.

Il n'y a pas d'électricité !

Max pleure de plus belle.

— J'arrive, Max ! crie-t-elle dans le noir en se levant en trombe.

Tout engourdie de sommeil, elle bute contre le coin de son bureau et s'affale de tout son long dans un fracas qui se répercute à travers la maison. La voix de Thierry se fait immédiatement entendre :

— Que se passe-t-il ? Véronique, où es-tu ?

— Ici, répond-elle du plancher où elle se trouve toujours.

— Que fais-tu là ?

— Je joue aux cartes ! ironise-t-elle en se relevant et en rajustant machinalement une bretelle de sa mince chemise de nuit qui a glissé sur son épaule.

Dans la pénombre, elle distingue une forme dans les bras de Thierry.

— Oh, tu es allé chercher Max.

Elle s'approche et caresse les cheveux du petit bonhomme.

— Il a dû faire un cauchemar, suppose Thierry.

— C'est d'abord ce que j'ai pensé aussi, mais il y a une panne d'électricité.

— Ah oui ?

— J'ai peur sans ma petite lumière, dit Max.

— Je vais aller chercher une lanterne à piles en bas. Va dans les bras de Véronique, je reviens tout de suite.

Thierry n'a pas sitôt prononcé ces mots qu'un éclair zèbre la pièce et fait bondir la baby-sitter. Le petit se remet à pleurer.

— Je peux venir avec toi, Thierry? demande-t-il à son frère, suppliant.

— Ce n'est pas le temps d'être capricieux, s'impatiente l'aîné.

— Prends-le, dit Véronique. Il pleure parce qu'il ne se sent pas en sécurité avec moi. J'ai peur des orages et il doit le ressentir.

— Bon. Je vais l'emmener alors. Attends-nous ici.

Dès qu'il disparaît dans le corridor, Véronique sent le peu d'assurance qu'elle avait s'envoler.

— Non, je viens aussi! Attends!

Il fait vraiment noir! Dire qu'il se déplace tous les jours dans une obscurité semblable! Comment y arrive-t-il? C'est mon idole... Une raison de plus de l'aimer... Ça m'aide beaucoup...

— Voici l'escalier, dit Thierry. Attention.

Une fois dans la cuisine, ils doivent gagner le sous-sol.

— Agrippe-toi à mon bras, dit Thierry à Véronique.

Et c'est lui qui devient le guide. Le jeune homme sait exactement où trouver la lampe. À la lueur de cette ampoule de secours, ils retournent en haut sans encombre avec Max, qui s'est assoupi dans les bras de son frère.

Il a l'air bien, tout contre le torse nu de Thierry. J'y dormirais volontiers aussi…

Avec précaution, Thierry dépose son frère dans son lit pendant que Véronique installe la petite lampe tout près. À ce moment, un coup de tonnerre roule avec fracas, la faisant sursauter. Thierry, ayant perçu le mouvement de son amie, la guide doucement hors de la chambre, en prenant soin de laisser la porte entrouverte.

— Tu as vraiment peur des orages ? murmure-t-il.

— Oui, souffle-t-elle. Quand j'étais petite, la foudre est tombée sur un arbre dans notre cour. J'entends encore le craquement sinistre qui…

Un nouveau grondement, particulièrement retentissant, la propulse dans les bras de Thierry. Ce dernier, surpris, l'enlace spontanément. Il enfouit sa tête dans les cheveux de la jeune fille tout en lui murmurant des paroles réconfortantes. Nichée contre le corps de son ami, Véronique a fermé les yeux et se laisse bercer par la voix apaisante. À travers le mince tissu de son vêtement de nuit lui parvient toute la chaleur émanant du corps de Thierry. Ce dernier lui caresse doucement le dos, comme pour chasser la peur en elle. Un prodigieux sentiment de sécurité l'envahit. Elle se sent protégée, à l'abri de tout.

— Je me sens en sécurité avec toi. Ne me laisse pas toute seule.

Ces quelques mots émeuvent beaucoup leur destinataire. Toujours debout dans le corridor, il la serre plus fort et, d'une main, se met à jouer dans ses boucles brunes.

On dirait que j'ai les cheveux reliés à une centrale électrique.

Véronique relève la tête et sourit.
— Je veux te dire que je te souris.

Thierry promène alors le bout de ses doigts sur son visage. Ne se sentant plus enserrée, elle se cramponne à sa taille. Les jambes molles, elle s'adosse au mur, entraînant Thierry avec elle. Les pouces du garçon s'attardent sur ses lèvres.

— Ce n'est pas vrai, déclare Thierry, qu'on peut, rien qu'en y passant les doigts, se faire une idée juste et précise du visage de quelqu'un.

Ni tristesse ni regret dans sa voix, pourtant. Il se penche et embrasse délicatement Véronique sur le front, les yeux, les joues… recouvrant chaque millimètre de sa figure de baisers.

Ça valait la peine d'attendre, pense Véronique alors qu'une pluie d'étoiles se déverse en elle.

Rendue impuissante par les ondes de plaisir qui la secouent, Véronique reste immobile jusqu'à ce que l'orage la fasse à nouveau tressaillir. Elle veut baisser la tête et se blottir contre Thierry, mais il lui relève le menton d'un doigt, en murmurant avec tendresse :

— Shhh… Je suis là, mon petit chat.

Ces paroles la font à nouveau sourire.

— Tu souris, n'est-ce pas? Laisse-moi redécouvrir tes lèvres.

Véronique laisse échapper une douce plainte qui bouleverse Thierry. Les mains nouées sur sa nuque, elle lui passe le bout des doigts dans la chevelure, tout en gardant ses lèvres unies aux siennes. Puis elle caresse ses épaules et l'attire tout près. Les bruits de l'orage ne parviennent plus à ses oreilles… Elle lève la tête vers lui, quémandant:

— Encore…

Leurs souffles se mêlent. Véronique s'empare de la bouche de Thierry, laissant courir ses mains dans son dos. Quelle joie de le sentir frémir contre elle, à cause d'elle. Une délicieuse langueur l'envahit. De longues minutes, ils s'embrassent avidement, comme s'ils faisaient des provisions. À bout de souffle, Thierry appuie sa tête contre celle de Véronique.

— Je ne peux pas…

Quoi!! Il ne peut pas? Qu'est-ce qu'il dit là? Il ne peut pas quoi? M'embrasser comme ça? M'aimer? Non, c'est impossible! Pas ça!

— … je ne peux pas rester debout, achève-t-il en la tirant vers le sol. Mes jambes…

Il s'assoit, le dos au mur, et installe une Véronique tremblante entre ses jambes. La croyant gelée, il l'enlace avant d'entendre un son caractéristique :

— Tu pleures !

Shit… Qu'est-ce que j'ai fait ? Qu'est-ce qui ne va pas ? Je n'ai pensé qu'à moi…

— Je suis désolé, dit-il à tout hasard. Excuse-moi. Ne pleure pas. Je t'en prie, Véronique !

Ses efforts sont vains. Son cœur se fend au son déchirant des pleurs qu'il ne peut calmer. Il la berce, désemparé. Véronique se rend compte que Thierry interprète mal sa réaction, mais ne peut arrêter les sanglots qui la secouent. Sa crainte de l'orage, ses tourments des derniers jours, toute cette pression s'évacue… Voulant rassurer Thierry, elle multiplie les efforts pour calmer ses pleurs et lui expliquer. Lui expliquer, enfin…

Ah, elle se calme. Je ne comprends rien aux filles.

— Dis-moi ce que j'ai fait…

Elle est tout au chaud contre lui, comme Max plus tôt. Entourée de tendresse, elle se sent invincible… Thierry passe une main sur ses joues, en écartant les mèches de cheveux mouillées de larmes. Véronique presse cette main contre ses lèvres puis la garde un moment sur son visage pour y puiser du réconfort.

— Je suis désolée…

Elle essuie la poitrine de Thierry :

— … je t'ai mouillé…

— C'est moi qui suis désolé. Sauf que, ajoute-t-il avec une pointe d'humour, je ne sais pas pourquoi je devrais l'être, à moins que tu ne sois fâchée…

Elle le dévisage.

— J'ai eu peur.

— De l'orage ?

— Non… Quand tu as dit : « Je ne peux pas. »

— T'embrasser comme ça… J'avais les jambes en coton. C'est entièrement de ta faute ! Il fallait que je m'assoie.

— On est deux, alors ! ricane Véronique.

Il embrasse ses joues salées.

— Continue de m'expliquer.

La tête levée vers lui, la jeune fille murmure, détachant ses mots :

— Je pensais que tu voulais dire que tu ne pouvais pas continuer de… m'embrasser… d'être avec moi… de…

Elle a une brève vision d'elle-même se jetant du haut d'un trapèze, sans filet.

— Ça m'a fait peur, parce que moi… je t'aime.

Le vent, la pluie, ce n'est rien comparé au vacarme mené par les battements de son cœur. Elle guette anxieusement la réaction de Thierry qui répond, la voix rauque d'émotion :

— Et moi, j'ai eu peur de t'avoir fait de la peine.

Pour s'empêcher de réfléchir, le jeune homme l'embrasse fougueusement. Tellement de sentiments contradictoires bouillonnent en lui… La seule chose qu'il sait avec certitude, c'est qu'il ne veut pas que Véronique ait mal. Il la serre tout contre lui, longtemps, dans l'espoir que leur étreinte anéantisse ses doutes.

Apaisée par son aveu, ivre de bonheur, elle s'assoupit.

— Véronique ?

— Mmmm ?

— J'ai les jambes engourdies.

— Tu es tellement romantique ! dit-elle d'un ton faussement outré. Ils ne disent jamais ça dans les films.

Il rit.

— Viens, je vais te recoucher.

— Tu vas me border, comme Max ?

— Si tu veux…

Recouvrant Véronique de ses couvertures, il murmure : « Bonne nuit » et s'apprête à quitter la chambre. Elle le retient par un poignet.

— Hé ? Je peux avoir un dernier petit bisou ?

— Tu as dit : « comme Max », alors j'ai pensé que ça excluait…

— Je m'endors trop pour argumenter. Viens plus proche…

Il s'agenouille près du lit et s'exécute.

— Thierry ? J'ai rêvé tout à l'heure ou tu m'as appelée « mon petit chat » ?

— Heu… je pense avoir dit ça, oui.

Il est presque certain qu'elle sourit. Pour s'en assurer, il passe deux doigts légers sur sa joue.

— Dors, maintenant.

Et moi, je vais réfléchir pendant ce temps-là...
Comment dormir après une telle bombe ? Elle
m'a dit : « Je t'aime. » Elle m'aime ! Il n'y a
rien que je puisse répondre à ça sans lui faire de
peine... On ne peut pas sortir ensemble. C'est
impossible. Quelle vie ce serait pour elle ?

Il reste longtemps assis près d'elle à
l'écouter dormir, le cœur en miettes.

Chapitre 11

Thierry a dormi d'un sommeil agité et s'éveille tôt. Très tôt en fait, puisque Max, lui, dort toujours. Rendu près de l'escalier, il entend gronder le réfrigérateur, signe que l'électricité est revenue. Faisant demi-tour, il entre doucement dans la chambre de Véronique et s'assoit près de la tête du lit, comme au cours de la nuit.

Son souffle est si calme, si régulier. Elle a bien dormi, elle…

Il veut lui parler avant que Max ne s'éveille. À tâtons, il localise un bras hors des couvertures et en déduit qu'elle est couchée sur le côté, face à lui, dans la même position qu'elle avait pour s'endormir… Il caresse d'abord l'intérieur de son avant-bras du dos de la main. Elle bouge à peine, profondément endormie.

Je la réveille ou non ? Je ne suis pas obligé de lui parler maintenant…

Une bouffée de tendresse le pousse à prendre la main de Véronique dont il effleure la paume du bout des doigts. Encouragé par les mouvements de la jeune fille, il dépose de petits baisers sur son poignet, en la chatouillant de la pointe de sa langue.

— Mmmm…

Elle a toujours ce ronronnement qui me rend fou…

Il continue de plus belle.

— Ça, dit-elle les yeux fermés, c'est plus romantique que le coup des jambes engourdies…

Elle se lève sur un coude, alanguie, les cheveux en bataille.

— Tu n'as pas passé la nuit ici quand même ?

— Non. J'arrive à l'instant. Je voulais te voir avant que Max-la-tornade se réveille.

Elle rit :

— Et tu me *vois* ?

— Oui. Tu as les plus jolis poignets que j'ai jamais *vus*.

— Mmm… Viens là.

Elle glisse une main derrière la nuque de Thierry et l'attire à elle.

— Dis-moi bonjour convenablement.

Il l'embrasse d'abord légèrement, puis, enivré par son odeur, la douceur de ses lèvres et les ondes de chaleur qui le traversent, il redouble d'ardeur. À peine viennent-ils de s'écarter l'un de l'autre que Max fait irruption dans la pièce.

— Pourquoi tu es là, Thierry ?

Véronique ne peut contenir un petit ricanement que seul l'aîné entend.

— Je suis venu voir si Véronique avait bien dormi. Comme toi, elle avait peur du noir, cette nuit. Tu te souviens de la panne ?

— Oui.

Max grimpe sur le lit de Véronique et s'assoit près d'elle, puis il lui dit gravement :

— Il fait clair maintenant. Tu n'as plus peur. Viens manger avec moi.

— Bonne idée, renchérit Thierry.

L'adolescente embrasse le petit sur les deux joues et saute en bas de son lit.

— Ah! Les gars et la bouffe. Allez, je vous fais des crêpes! Je suis une spécialiste.

Thierry la suit en bas.

Bon. Je lui parlerai ce soir… ou demain… ou la semaine prochaine… Le temps de rassembler mon courage.

Vers la fin du déjeuner, Thierry a une idée.

— Et si on allait tous au cinéma cet après-midi? On pourrait aller voir *Shrek 2*!

— Mais comment irait-on? s'inquiète Véronique, près d'un Max déjà fou de joie. Tes parents ne reviennent qu'après le souper.

— En autobus. Max adore prendre l'autobus.

— Oui! L'autobus! *Shrek!* s'écrie le bambin en sautant autour de la table.

Véronique se penche vers Thierry.

— Et toi, Thierry Currie, tu vas prendre l'autobus! Avec ta canne!? Mais tout le monde va te regarder, voyons!

— Voici le plan : Je prends ma canne. Tu prends Max. On prend l'autobus. Avant d'entrer au cinéma, je prends ma canne pour la ranger dans mon sac à dos. Je prends ton bras. On prend les billets. On prend du popcorn…

— OK ! J'ai saisi !

▲▼▲

Max est enchanté par sa sortie et quand ses parents reviennent, en début de soirée, ils ont droit à son récit détaillé de la panne d'électricité, de la balade en autobus et du film.

— On a vu *Shrek 2* ! s'exclame le petit, à califourchon sur les jambes de son père.

— Vraiment ? Et Thierry a pris l'autobus ? s'étonne Keith.

— Il est capable ! Véronique l'aide ! Thierry a dit qu'il pourrait aller *anywhere* avec elle !

Keith lance à sa femme un regard appuyé. Ils sont seuls au salon avec Max, Véronique étant occupée à écrire à ses parents et Thierry, à prendre sa douche.

— Finalement, dit Vanessa à mots couverts, j'avais raison, n'est-ce pas, chéri ?

— Tu penses ? Moi, je me demande si ce que je craignais n'est pas plutôt à venir... Réfléchis...

Le visage de Vanessa s'assombrit. Pourquoi faut-il toujours que Keith imagine le pire ? Tandis qu'il monte coucher Max, elle décide d'en profiter pour rejoindre Véronique au sous-sol. Ainsi, elle est sûre que Thierry ne surprendra pas leur conversation.

— Véronique ? Excuse-moi de te déranger.

— Aucun problème, je viens de finir. J'allais remonter.

— Je voulais savoir... commence la femme en cherchant ses mots.

Appuyée au chambranle de la porte, Véronique lui sourit :

— Avant que tu ne me le demandes, il ne s'est rien passé hier soir... enfin... rien que tu aurais pu désapprouver...

C'est au tour de Vanessa de sourire.

— Désolée pour ça, mais tu sais, j'ai une certaine responsabilité envers toi... Tes parents t'ont en quelque sorte confiée à nous pour l'été.

— Je comprends, ça va. Et pour en revenir à hier soir, chuchote rapidement la jeune fille, je lui ai dit... que je l'aime.

Vanessa ouvre de grands yeux.

— Et tu dis qu'il ne s'est rien passé ! s'exclame-t-elle joyeusement.

— J'ai dit : « rien que tu aurais pu désapprouver » ! On s'est seulement embrassés…

L'embarras, relié au souvenir des baisers de Thierry, fait rougir l'adolescente.

— Je te crois, Véronique… Je veux seulement savoir ce que Thierry t'a dit, lui. En fait, c'est surtout pour rassurer Keith que je te demande ça. Il a vraiment peur que Thierry ressorte meurtri de toute cette affaire.

— Je ne vois pas pourquoi… Thierry sait que je l'aime… Il ne m'a pas dit qu'il m'aimait aussi, ni le contraire, mais il est de très bonne humeur aujourd'hui, non ? C'était son idée, le cinéma. Et demain, il veut se baigner avec Max et moi. Je ne sais pas ce qui se passe dans sa tête, mais il ne m'a pas rejetée. Je vais essayer d'être patiente, d'attendre qu'il m'en reparle. Le laisser aller à son rythme, c'est ce qui a fonctionné le mieux jusqu'à maintenant.

— Tu le comprends si bien. Nous te devons tant, dit Vanessa en s'approchant de Véronique.

— Honnêtement, j'ai plutôt l'impression que c'est moi qui vous suis redevable.

— Quoi qu'il en soit, merci beaucoup de me tenir au courant. Et pendant ces deux dernières semaines, n'hésite surtout pas à passer du temps avec Thierry. C'est d'abord en pensant à lui que j'ai voulu t'avoir pour garder Max, tu te souviens…

— Nous aimons nous occuper de lui, de toute façon. Tu sais, je vais aussi m'ennuyer beaucoup de lui et de vous deux…

Elles s'étreignent, la gorge serrée.

Une fois couchée, Véronique a le cœur lourd d'angoisse malgré les confidences faites à Vanessa.

Et si rien ne marchait comme je le souhaite? Meurtri, a dit Vanessa… Ce n'est pas Thierry qui risque de l'être, c'est moi! Lui, il a l'air de prendre ça comme un jeu… un jeu que je suis bien partie pour perdre, finalement. J'ai si peur que j'ai du mal à respirer à fond. Je devrais peut-être reconsidérer l'option du yoga…

▲▼▲

Les jours suivants s'envolent à toute vitesse. Véronique reste fidèle à la routine établie avec Max, à la différence que Thierry les accompagne très souvent dans leurs sorties, tout en démontrant constamment son affection pour elle, sans toutefois dire ce qu'elle souhaite entendre.

À deux jours du grand départ, Véronique n'en peut plus ! Se sentant sur le point d'exploser, elle décide de tenter le tout pour le tout et convoque Thierry au salon. Elle a peu de temps devant elle, Vanessa et Max devant revenir bientôt de leurs courses. C'est donc maintenant ou jamais !

Dos à Véronique, Thierry règle la radio. Pour contrer la nervosité qui lui dévore les entrailles, il respire un bon coup.

Je sens que ça va être le moment de vérité. Je n'ai pas eu le courage de lui briser le cœur avant… Elle va m'y obliger maintenant ; je ne m'en tirerai pas. J'aurais tellement voulu que ça se passe autrement.

Thierry se retourne. Debout près de la bibliothèque, il essaie de garder un visage impassible. Et y parvient presque.

— Véronique ? Où es-tu ?

Il lui semble que sa voix chevrote.

Est-ce qu'elle s'en rend compte? Du calme…
Ça va aller. C'est une fille forte et mature, elle
va comprendre… Elle va comprendre que je fais
ça pour son bien.

— Je suis ici, Thierry. Sur le divan.

— Viens plutôt avec moi dans le fauteuil
à bascule. On va se coller !

Il essaie de prendre un ton léger, mais il
sait qu'elle n'est pas dupe. Il la sent nerveuse,
fébrile, alors qu'elle se glisse entre ses bras.
Thierry déclenche le mécanisme de la chaise
qui s'ouvre, leur donnant un appui pour leurs
jambes. Ainsi installé, tenant précieusement
Véronique contre lui, il se lance :

— Tu voulais qu'on discute.

— Oui… Non… Enfin, ça dépend… Je
ne sais pas trop par où commencer.

Elle prend une respiration digne d'un
yogi chevronné avant de poursuivre :

— Le soir de l'orage, je t'ai dit que je
t'aimais… D'habitude, dans un couple,
quand un des deux dit ça, l'autre répond la
même chose… Mais moi, j'attends toujours…

Le silence de Thierry lui noue l'estomac.

— Oh et puis, je ne suis plus aussi sûre de vouloir parler de ça, finalement. Ça dépend de ce que tu vas me dire…

— Ne sois pas inquiète. C'est moi, aujourd'hui, qui ai peur.

Ils parlent sans se faire face, la tête de Véronique reposant au creux de l'épaule de Thierry.

— Tu as peur ?

— Oui. Je ne veux pas que tu aies de la peine.

Un courant glacé descend le long de la colonne vertébrale de la jeune fille.

— Parle, l'encourage-t-elle doucement.

Il faut que je finisse par savoir… même si c'est pour le pire.

— J'ai d'abord pensé que c'était impossible que tu m'aimes, vu que je suis aveugle…

Véronique laisse échapper un son démontrant tout le ridicule de son affirmation.

— Je sais, ne dis rien. Mais je te connais assez maintenant pour savoir que si tu affirmes que tu m'aimes, c'est que tu y as réfléchi longtemps.

— J'en ai même discuté avec ta mère…

Thierry est surpris.

— Vraiment ? Qu'est-ce qu'elle en dit ?

— Elle ne porte pas de jugement. Elle m'écoute. Continue.

Il ne veut pas me faire de peine. Il me serre dans ses bras. Il ne peut pas ne pas m'aimer, au moins un tout petit peu…

— J'ai aussi pensé te dire que je ne t'aimais pas juste pour t'empêcher de trop t'attacher, pour t'éloigner, te protéger…

— Comme Peter Parker avec Mary Jane ! Mais il n'y a pas de méchants dans notre histoire. De quoi veux-tu me sauver ?

Il ne répond pas.

À la radio, Sheryl Crow chante *Light in your eyes*. Étant donné le silence qui semble vouloir s'installer, Véronique prête attention aux paroles. Ironiquement, la chanson est tout à fait de circonstance et a pour effet de la fouetter :

> *talk to the one who gave you*
> *all that light in your eyes*[15]

---

15. Parle à celui qui t'a donné / toute cette lumière dans les yeux.

La sensation de froid en elle s'est estompée. Déterminée à connaître la vérité, elle reprend :

— Tu voulais que je pense que tu ne m'aimais pas... alors ça veut dire que tu m'aimes, non ?

— À quoi ça t'avancerait de savoir ça ?

— Pour moi, ça fait toute la différence ! Alors avoue ! ordonne-t-elle en se tournant à plat ventre sur lui. Avoue ou je te chatouille !

— Pfff... des menaces... Tu m'écrases ! Va sur le côté.

— C'est le moindre de mes soucis. Avoue !

Il rit.

— Si je dois employer la force...

Thierry s'empare alors de sa bouche. Quand il la sent s'abandonner, il se jette sur le côté, se retourne et pousse Véronique sur le rebord du fauteuil où il la garde coincée sous lui.

— Un autre point pour moi ! triomphe-t-il. Il ne faut jamais sous-estimer son adversaire.

— Tu inventes les règlements au fur et à mesure, parvient-elle à dire entre deux accès de fou rire. C'est injuste.

— C'est quoi déjà, le pointage ?

— Je l'ignore, mais si tu peux finir par aboutir, je vais savoir si je gagne ou non. On s'en fiche, du pointage.

Soudain sérieuse, Véronique manœuvre pour se retrouver côte à côte avec Thierry.

— La vérité, commence ce dernier, c'est que je ne peux pas te laisser m'aimer maintenant.

Elle ouvre la bouche pour protester, mais il l'en empêche.

— Laisse-moi finir.

Que je trouve les bons mots... J'y ai assez pensé...

— Je ne suis pas suffisamment autonome, voilà ! Je veux que tu retournes chez toi, que tu connaisses d'autres personnes, que tu vives ta vie... Que tu sois heureuse. Prendre soin de moi, ce n'est pas une vie pour toi. Je ne serai pas heureux si je suis un fardeau pour qui que ce soit. Je dois d'abord prendre du temps pour moi, redevenir fonctionnel. Il faut que je reprenne mon existence en main.

Elle pleure encore. Mes bons mots n'étaient pas si bons, il faut croire...

— Véronique ?

Le cœur serré, elle tente d'affermir sa voix :

— C'est tout ?

— Je sais que ce n'est pas ce que tu voulais entendre…

— Vas-tu me le dire, oui ou non, que tu m'aimes ?

— Que tu es têtue ! C'est pour ça que tu pleures ?

— J'ai juste une poussière dans l'œil… Je pensais que je ne faisais pas de bruit.

— J'ai des antennes à larmes. Je ne supporte pas que tu pleures à cause de moi.

La jeune fille se redresse sur un coude.

— Écoute bien, commence-t-elle en s'essuyant résolument les yeux. Je pleure parce que je suis soulagée. Tu m'aimes et c'est tout ce qui m'importe. Et tu vas me l'avouer ce soir, ajoute-t-elle en lui martelant l'estomac de l'index. Tu aurais été vraiment cruel de me cacher la vérité. Je sais que tu dois devenir autonome pour être heureux ; c'est ce que je désire aussi. Je vais t'attendre.

— Non ! C'est justement ce que je ne veux pas. Tu vas gâcher ta vie…

— Qu'est-ce que ça peut te faire, à toi ?

— Je refuse. C'est tout.

— Pourquoi ?

Thierry sourit. Largement. Vaincu, mais heureux de l'être.

— J'abandonne ! Tu gagnes : parce que je t'aime.

Véronique se laisse tomber au creux du fauteuil comme un sprinter qui s'effondre à la ligne d'arrivée. Son cœur, lui, a repris sa course, enfin libéré de l'étau de la peur. Recouvrant lentement le contrôle de son corps, elle approche ses lèvres tout près de celles de Thierry.

— Redis-le.

— Je t'aime, Véronique Saint-Louis. Mais je suis sérieux : ne m'attends pas.

— Tu ne peux pas m'en empêcher, réplique-t-elle d'une voix fluette.

— Tu pleures encore ?!

— Désolée. Je souris en même temps.

Thierry soupire.

— Décidément, je ne comprends rien aux filles. Je vais te sécher ça, dit-il en embrassant ses joues mouillées.

Les deux amoureux restent blottis l'un contre l'autre de longues minutes, savourant le moment.

— Tu me joues un morceau de piano ? demande soudain Véronique.

Devant l'air surpris de son ami, elle ajoute :

— Juste pour moi, avant que tes parents et Max reviennent. Pour mes souvenirs.

Il se lève.

— Te rappelles-tu ce que tu jouais la première fois que je t'ai entendu ? Un morceau classique. Je n'y connais rien, je ne sais pas le nom de la pièce…

Il pianote quelques accords.

— Oui ! Ça ! Je veux ce morceau-là !

— Alors, Chopin pour Madame !

Véronique, couchée dans le fauteuil, laisse la musique la détendre et ainsi graver dans sa mémoire le souvenir de cette soirée où elle a entendu les mots dont elle avait tant besoin…

Chapitre 12

À : Vanessa : curriefamily@hotmail.com
De : Vero ; vero@hotmail.com
Date : Le samedi 8 septembre, 16h12

Bonjour Vanessa,

Désolée de ne pas avoir écrit plus tôt. J'ai eu une rentrée occupée, mais ça se passe très bien. C'est sûr que je pense à vous tous, mais mes études m'empêchent de trop m'ennuyer! Merci pour les merveilleuses nouvelles concernant Thierry. J'ai tout plein de questions à lui poser! Je me suis informée, pour la webcam : je peux aller chez une amie dont les parents en sont équipés. Le rendez-vous du jeudi soir me convient!

J'y serai cette semaine. J'ai hâte. En fait, préviens-le que toute ma famille y sera! Mes parents veulent absolument lui dire un mot et ma sœur, elle, veut le voir autrement que sur des photos! J'espère que Max et Keith y seront aussi!

Véronique xxx

▲▼▲

À: Véro; vero@hotmail.com
De: Thierry: t_currie@hotmail.com
Date: Le mercredi 10 octobre, 14h06

Salut Véronique!

Je suis enfin capable d'utiliser le matériel informatique adapté. Je t'écris de l'Institut Louis Braille où je suis mes cours, car à la maison on n'a pas tout à fait le même clavier que celui sur lequel je pratique. Je vais recevoir mon matériel cette semaine. Tu pourras m'envoyer des courriels: je pourrai les lire grâce à une barrette qui transforme en braille l'écriture de l'écran. J'aurai aussi un synthétiseur vocal, que j'aime moins parce que la voix est plutôt mécanique, mais c'est pratique. C'est comme si l'écriture sortait par les haut-parleurs. Cette lettre me sert d'exercice, alors mon professeur va la lire. Je t'écrirai plus personnellement quand je maîtriserai mieux mon nouvel équipement.

Thierry xxx

▲▼▲

À: Véro: vero@hotmail.com
De: Vanessa: curriefamily@hotmail.com
Date: Le mardi 6 novembre, 10h25

Bonjour!

Je prends enfin le temps de t'écrire. Tu me demandes des nouvelles de tout le monde, alors voilà: la vie va vite! Max s'intègre à merveille dans sa classe d'immersion. Il parle de mieux en mieux le français. Il te prépare même une surprise! Je suis contente d'avoir fait ce choix pour lui, finalement. Keith suit des cours de perfectionnement en français écrit, avec Thierry, deux soirs par semaine. Est-ce que je te l'avais déjà dit? Mais Thierry apprend de loin deux fois plus vite, même en braille! (Ne dis pas ça à Keith.) À la décharge de mon mari, je dois dire que son travail l'oblige assez fréquemment à manquer des cours! Il y a des changements dans l'entreprise où il est et il doit souvent assister à des réunions le soir ces temps-ci. De mon côté, mes cours sont plaisants, j'ai des élèves agréables.

Je n'arrête pas d'être ébahie par tout ce que Thierry apprend, assimile en si peu de temps. Il change beaucoup. Il est plus à l'aise avec son handicap. Il utilise de plus en plus de matériel adapté pour toutes les situations de la vie courante. Je suis surtout fière qu'il ne se cache plus. Il sort avec ses amis, va à l'Institut, à ses cours de français, faire des courses même… Je ne sais pas comment il arrive à jongler avec tout ça en même temps. Et toi? L'école, les amis? Donne-moi de tes nouvelles.

Vanessa xxx

P.-S. Dans le fichier attaché, tu trouveras un dessin de Max!

▲▼▲

À: Véro; vero@hotmail.com
De: Thierry: t_currie@hotmail.com
Date: Le mercredi 28 novembre, 13h25

Salut Véronique!

Plus que deux semaines avant les vacances de Noël! Quand commencent les tiennes? Qu'est-ce que tu feras? Tu ne me parles pas souvent de tes amis… J'espère que tu sors. Je t'ai dit de vivre ta vie et je le pense encore, tu sais. Je travaille beaucoup pour remettre la mienne sur les rails. C'est moins difficile que je ne le pensais. Je vais toujours voir mon psychologue, mais j'aimais mieux parler avec toi… Je rencontre d'autres non-voyants à l'Institut et je découvre que j'aime beaucoup aider les nouveaux venus. Je donne même des cours de piano à une petite fille de dix ans qui souffre d'une maladie de la rétine! Comme tu vois, je suis très occupé et je ne t'en voudrai pas si tu dois sauter quelques jeudis à la webcam.

Thierry

▲▼▲

Véronique s'éloigne de l'ordinateur en secouant la tête; elle se sent vaguement maussade. D'un regard absent, elle fixe la photo de Thierry prise sur la plage. Tout cela lui semble si loin…

Et c'est lui qui me traitait de têtue. Je devrais en sauter un, rendez-vous de webcam, juste pour le prendre au mot. Monsieur est très occupé, oui! Trop pour écrire « je t'aime » en bas de son courriel. Il n'a même pas mis de xxx…

Afin de s'aérer l'esprit, elle décide de sortir marcher un peu avant de souper. L'air frais la transperce. Avançant d'un pas vif, Véronique réalise qu'elle est vraiment contrariée. Et blessée. Comme la nature en ce début d'hiver, sa relation avec Thierry semble se figer. Les pelouses gelées attendent la protection d'une neige qui ne vient pas, tout comme elle attend… quoi au juste? Un mot, un signe que Thierry l'aime malgré les kilomètres qui les séparent?

On peut dire qu'il a réussi à me mettre de mauvaise humeur! Même si on communique souvent ensemble, on dirait que Thierry s'emploie à garder une certaine distance entre nous.

Il agit ainsi pour me protéger, je le sais, mais je croyais que, depuis le temps, j'étais arrivée à le convaincre de ma sincérité, de la durabilité de mes sentiments. J'ai pourtant essayé de lui expliquer que je ne m'éloignerai pas de lui. Même si j'ai d'autres amis, comme lui, je... Oh! Ça m'enrage...

Véronique prend conscience qu'elle est jalouse. Vanessa a dit que Thierry voyait de plus en plus ses amis. Lui, dit qu'il en rencontre de nouveaux... Et s'il avait fait la connaissance d'une autre fille?

C'est dur, d'être loin... Et on n'est qu'en novembre!

Même si elle sait déjà qu'elle retournera passer l'été prochain avec lui ou qu'il viendra lui rendre visite, Véronique ne parvient pas à chasser ses idées noires. Marchant de plus en plus vite pour se réchauffer, elle observe les arbres dénudés et trouve qu'ils lui ressemblent: sans vie, sans pourtant être morts... Quel bonheur ce serait de pouvoir hiberner et de se réveiller au printemps, au lieu de vivoter jusque-là... De petites larmes perlent au coin de ses paupières, tandis qu'une neige fine commence à tomber. Déjà, le jour décline… Plus gelée que jamais, Véronique resserre son long foulard. Sa vue se brouille.

Ça y est, je pleure. Thierry serait sûrement découragé.

Cette pensée la fait rire à travers ses larmes. Elle les chasse résolument du revers de sa main gantée avant de rentrer, peu de temps après, aussi déprimée qu'elle l'était en sortant. Sa mère, qui vient de mettre un plat au four, la voit se diriger vers sa chambre et la suit; elle lui prend l'épaule alors que Véronique s'apprête à fermer la porte.

— Chérie, regarde-moi.

À contrecœur, Véronique se tourne lentement vers elle.

— Ça ne va pas, n'est-ce pas ?

La jeune fille secoue la tête sans pouvoir parler, puis éclate en sanglots. Les bras de sa mère, qui devraient pourtant la réconforter, ne font que lui rappeler l'absence de ceux de Thierry. Même chose pour la caresse maternelle dans ses cheveux…

— Tu t'ennuies de Thierry ? demande sa mère en la gardant serrée contre elle.

— C'est sûr, mais je peux vivre avec ça. J'ai plutôt peur…

Véronique se détache d'elle et la regarde de ses yeux rougis.

— J'ai peur qu'il ne pense plus à moi aussi souvent, avoue-t-elle en s'assoyant sur son lit. On dirait qu'il veut s'éloigner.

Véronique parle longuement avec sa mère, qui l'amène à voir la réalité et la secoue un peu :

— Fais confiance à Thierry. Il est là chaque semaine pour te parler, non ? Et il t'écrit à travers ça. Tu es juste fatiguée, ce soir. Les vacances vont te remettre sur pied. Tu sortiras, tu te changeras les idées, ce sera ton anniversaire dans deux semaines… Tu penseras à ce que tu voudrais faire ! Si je pouvais, ajoute sa mère en lui plaquant un baiser sur le front, je te mettrais Thierry dans un emballage-cadeau, tu sais ! dit-elle, arrachant ainsi un pauvre sourire à sa fille.

— Merci, maman… Tu peux retourner à ton souper, je vais mieux.

Enfin, c'est ce qu'elle voudrait que sa mère croie.

▲▼▲

Beaucoup d'étude garde Véronique occupée en cette fin de session et ses résultats scolaires sont excellents. Le matin de son anniversaire, qui tombe un samedi, elle trouve un paquet emballé sur la table de la cuisine. Devant son air interrogateur, son père, le sourire aux lèvres, explique :

— C'est arrivé dans une grande enveloppe. Du courrier de l'Ontario. On nous a donné l'ordre de te le remettre aujourd'hui.

Véronique pousse un petit cri de surprise et s'empresse de déchirer l'emballage. Elle y découvre d'abord une carte, de la main de Vanessa : « Max a voulu t'offrir ce cadeau. Thierry y a mis du sien également. Bon anniversaire, chère Véronique. Vanessa xxx »

— C'est une cassette vidéo…

Intriguée, la jeune fille va immédiatement l'insérer dans le magnétoscope du salon. Elle est suivie du reste de la famille, tout aussi curieux.

— Tu veux qu'on te laisse seule ? s'enquiert délicatement Florence, sa sœur cadette.

— Non ! Enfin, pas pour l'instant.

Ils s'installent dans des fauteuils, sauf Véronique qui reste assise en tailleur par terre, tout près de la télévision, la télécommande entre les mains. Sur la première image, un petit garçon sourit.

— C'est Max ! s'exclame Véronique, enchantée. Mon Dieu qu'il a grandi !

Le plan montre le bambin debout chez lui, devant le piano.

— Bonjour, Véronique.

Il parle en français, bien sûr ! La jeune fille, tout émue de l'entendre, est rivée à l'appareil.

— Pour ton anniversaire, je vais te chanter deux comptines en français.

Il s'exécute, puis il s'assoit au piano.

— Je vais aussi te jouer un air que Thierry m'a montré.

Max joue une courte pièce, visiblement très fier de lui. Après, il se lève et dit à la caméra :

— Il ne faut pas que tu arrêtes la cassette, il y a d'autres choses après. Je parle beaucoup mieux français qu'avant, hein Véronique ?!

Tout le monde rit dans le salon. Véronique, attendrie, en a les larmes aux yeux. Elle bat des paupières alors que la cassette continue de défiler. On voit maintenant une grande salle de classe, avec plusieurs petits enfants assis par terre qui semblent attendre la venue d'un professeur.

— C'est Max, là, en avant! s'écrie Véronique.

Une enseignante arrive et, après avoir obtenu leur silence, annonce :

— Comme promis, nous avons aujourd'hui la visite du grand frère de Max, Thierry, qui est venu nous parler de son expérience.

Véronique, ébahie, regarde Thierry entrer dans la pièce en se dirigeant avec sa canne. Son cœur bat si fort qu'elle doit monter le son pour bien entendre. Le jeune homme rejoint en tâtonnant un tabouret qui a été déposé devant le groupe pour lui et commence :

— Bonjour, je m'appelle Thierry Currie.

Il s'adresse aux enfants en français, lentement. De sa place, on entend Max murmurer :

— Je suis ici, Thierry !

Ce dernier fait un petit signe de la main et un sourire dans la direction de la voix.

— Il paraît que vous avez beaucoup de questions pour moi ! C'est vrai ?

Des mains se lèvent. Thierry sourit et désigne son oreille.

— Je vous ai *entendus* bouger. Je suppose qu'il y en a parmi vous qui levez la main, mais je ne peux pas vous voir, alors il va falloir que votre enseignante m'aide.

Véronique appuie sur « pause » et se tourne avec fierté vers sa famille.

— Il est incroyable, n'est-ce pas ? Quand je suis arrivée, l'été passé, il ne sortait même pas de chez lui et là, regardez-le.

Elle remet en marche le magnétoscope. Thierry semble si sûr de lui, si naturel avec les enfants. Il utilise leurs questions pour les instruire sur sa condition, leur apprendre comment il se débrouille dans la vie quotidienne. Il leur montre comment il se sert de sa canne, il a apporté des livres en braille et une tasse qui émet un bruit quand elle est presque pleine.

— Est-ce que vous avez peur dans le noir ? demande naïvement une petite fille.

Thierry sourit.

— C'est une bonne question. Avant, juste après mon accident, j'avais peur. Très peur, tout le temps.

Un silence impressionnant règne dans le local. Suspendus à ses lèvres, les enfants boivent les paroles de Thierry. Celui-ci se penche vers eux et prend le même ton que l'on adopte lorsqu'on raconte une histoire.

— Puis, un jour, un petit rayon de soleil est entré dans mon cœur, juste ici.

Il indique sa poitrine et continue, tandis qu'on entend renifler la personne qui filme.

— Il y a quelqu'un qui est venu dans ma vie et qui m'a aidé à comprendre que je pouvais faire disparaître la noirceur.

— C'était le soleil ? demande la même petite fille.

— Oui ! Un grand soleil qui s'appelle Véronique.

Thierry se redresse. La caméra resserre le plan sur son visage pendant que les enfants applaudissent chaleureusement. Véronique se tourne vers ses parents qui ont, tout comme elle, le visage ruisselant de larmes.

— C'est le plus beau cadeau d'anniversaire que l'on pouvait m'offrir... bredouille-t-elle.

Sa mère l'enlace.

— Ce n'est pas pour te contredire, mais je pense que notre cadeau n'est pas mal non plus...

Son père lui tend alors une enveloppe qu'elle prend avec curiosité.

— Un billet de train ? Pour cet été ?

— Regarde la date, dit doucement sa mère.

— Demain matin! Je pars demain! Vraiment?

Véronique n'y croit pas.

— Oh, merci, merci!!

Elle leur saute au cou, à tous. Tandis qu'ils vont déjeuner, sa mère explique:

— Je trouvais que tu n'allais pas bien, alors j'ai appelé la mère de Thierry.

— Quoi? Quand ça?

— Le lendemain de notre conversation dans ta chambre. On a parlé longtemps, elle et moi...

— C'est ça et moi, je parle à la webcam pour économiser sur les interurbains!

— Tu veux que je reprenne mon cadeau? demande sa mère en riant.

— Non, continue, c'était pour t'agacer. Tu es la meilleure maman du monde. Alors?

— Alors, nous avons convenu que ça vous remonterait le moral, à tous les deux, de vous voir...

— Tu parles pour moi, là... la taquine Véronique.

— Oh, je pense que ton Thierry va trouver une façon de te *voir*, lui aussi... Selon sa mère, lui non plus n'est pas au sommet de sa forme, bien qu'il essaie de donner le change, comme toi. Donc, tu pars demain. Vanessa sera à la gare, mais seule, car Thierry ne sait pas que tu viens. C'est une surprise.

— Merveilleux !

— Nous irons te chercher en voiture dans une semaine : les Currie nous invitent ! On veut le connaître aussi, ce fameux Thierry. Tu pourras rester six jours, sauf si tu avais d'autres plans…

— Quelle idée ! C'est vraiment fantastique ! Mais la cassette vidéo ? Vous étiez dans le coup ?

— Oh non, nous avons reçu le paquet avant-hier, sans connaître le contenu.

— Et Thierry qui ne sait pas que je vais venir !

À mon tour de le surprendre…

Épilogue

Surexcitée, Véronique descend du train et cherche Vanessa. Aussitôt que leurs regards se croisent, elles courent se jeter dans les bras l'une de l'autre.

— Je suis si contente que tu sois ici ! dit Vanessa.

— Et moi donc !

Dans la voiture, Véronique demande des précisions :

— Thierry est à la maison ?

— Non. Voici le plan : on a mis Kevin dans le coup. Il l'a emmené souper au restaurant. Tu vas manger à la maison avec nous trois et après, Keith, Max et moi, on s'éclipse. Kevin doit s'organiser pour déposer Thierry chez nous vers dix-neuf heures. Il s'y croira seul, car nous l'avons averti que nous serions absents pour la soirée.

Véronique s'adosse au siège et sourit à l'idée de ce qui l'attend.

— Et Max, il sait que je viens ?

— Non, nous avions trop peur qu'il s'échappe devant Thierry.

— Et comment… comment va-t-il ?

— Thierry ? Difficile à dire. Il s'est lancé à corps perdu dans toutes les activités que tu sais. Je suis tellement fière de ce qu'il a accompli depuis quelques mois. Keith aussi ; il y a une éternité qu'il n'a pas fait de cauchemar… Malgré tout, il manque une petite étincelle dans les yeux de Thierry… Je voulais lui faire la surprise de ta visite pour ça : lui redonner un peu de magie…

— Parlant de magie, merci pour la cassette. Qui a filmé ?

— Moi, mais à la demande de Thierry. Il savait déjà qu'il voulait te l'offrir, mais il ne me l'a dit qu'après.

— Ça m'a beaucoup touchée.

— Tu lui en parleras, je crois qu'il attend ta réaction avec impatience. Oh, comme j'aimerais le voir quand il va s'apercevoir que tu es là !

— J'ai hâte ! J'ai hâte ! s'écrie Véronique en sautillant sur son siège pour chasser la vague de nervosité qui monte en elle.

L'anxiété de Véronique atteint son paroxysme quand, quelques heures plus tard, elle se retrouve seule dans la maison des Currie. Se rendant au salon, elle ouvre une boîte de Smarties qu'elle suçote lentement, un à un, pour tromper son attente, en faisant les cent pas. Malgré tous les scénarios imaginés, elle ne sait toujours pas comment elle agira quand Thierry arrivera. À dix-neuf heures quinze, elle n'en peut plus. Le nez collé à la fenêtre, elle guette les voitures. Chaque fois que des phares apparaissent, son cœur oublie de battre.

Kevin… qu'est-ce que tu fabriques ?

Ce petit manège la rendant plus nerveuse qu'autre chose, elle finit par s'asseoir dans le fauteuil à bascule. Les yeux fermés, elle prend de grandes respirations. Dix minutes plus tard, quand elle entend enfin une voiture entrer dans la cour, elle bondit littéralement hors du fauteuil, qui va cogner contre le mur.

La porte d'entrée s'ouvre.

Maintenant debout près de la fenêtre, Véronique peut suivre au son les gestes de Thierry qui enlève ses bottes, accroche son manteau, met des pantoufles et se mouche avant de se diriger vers le salon.

Mon cœur bat si vite… Il va l'entendre, c'est sûr !

La jeune fille presse l'une contre l'autre ses mains moites aux doigts glacés de stress, quand Thierry apparaît enfin dans la pièce. Son cœur fait deux tours dans sa poitrine.

Il est encore plus beau qu'avant… Quelle allure il a !

Sur la cassette, elle avait bien vu que ses cheveux avaient poussé, mais en personne, les mèches blondes qui dépassent maintenant largement sur les côtés réveillent en elle des papillons endormis.

Avançant dans la pièce avec une assurance qu'elle ne lui connaît pas, Thierry renifle l'air avec insistance, puis secoue la tête comme pour en chasser une idée saugrenue. Il va ensuite s'étendre de tout son long sur le divan, sans mettre de musique ni rien.

Paralysée d'émotions, Véronique ne bouge pas. Elle ose à peine respirer, ne pouvant que contempler le jeune homme, s'imprégner de son image qui est à mille lieues de celle – toujours insatisfaisante – que lui envoie la webcam… Les paroles d'une vieille chanson remontent à son esprit : *Can't take my eyes off of you…* Elle s'apprête à la fredonner spontanément, mais se retient juste à temps. Du moins le croit-elle, car Thierry s'assoit soudain. Il tend l'oreille, puis respire de nouveau autour de lui.

Les Smarties ! Il sent les bonbons. Idiote.

Elle le regarde secouer la tête et murmurer :

— Non, c'est impossible… Mon imagination me joue des tours.

Véronique, que son immobilité fatigue, change légèrement de position et provoque malgré elle un craquement du plancher. Immédiatement, Thierry se fige :

— Qui est là ?

Il semble si anxieux que Véronique ne peut faire durer plus longtemps le supplice.

— Thierry… dit-elle d'une voix éraillée que le garçon ne peut identifier avec certitude.

— Véronique… C'est toi?

Pour toute réponse, elle avance lentement vers lui, sans parler. Le jeune homme se lève et, tendant les bras, rencontre le corps de Véronique; ses mains vont immédiatement caresser ses cheveux, son visage, tandis qu'il répète avec ravissement:

— C'est toi! C'est vraiment toi! Tu es là…

Elle sourit à travers les larmes, puis se jette contre lui en passant ses bras autour de son cou.

— C'est moi, murmure-t-elle, irradiée d'une chaleur qu'elle avait oubliée.

— Véronique, souffle-t-il. Tu es venue. C'est Noël avant le temps ou quoi?

Il frotte son nez contre le sien.

— Si tu ne m'embrasses pas bientôt, grand fou, je vais avoir une crampe dans le cou… et ce ne serait pas très romantique!

Il rit, la soulève et la fait tournoyer.

Il n'y a qu'elle pour m'amuser autant.

La déposant sur le sol, Thierry réalise qu'il se sent soudain plus léger. Pendant qu'il la tient tout contre son cœur, cela monte en lui, à la fois puissant, doux et rassurant : LA certitude.

— Je le sais maintenant, chuchote-t-il contre ses lèvres.

— Quoi ?

— Que je t'aime.

— Tu le savais déjà, non ? l'interrompt Véronique, interdite.

— Oui, mais je pensais que ça me passerait peut-être ! Ouch ! Tu n'as pas perdu ta mauvaise habitude de me pincer !

— Ni toi celle de dire des âneries…

Thierry la serre plus fort.

— Attends, j'en viens au meilleur bout. Tu n'es pas plus patiente qu'avant, tu ne m'as pas laissé terminer… Ce que je veux dire, c'est que je me trompais, finalement. Je sais maintenant que j'aurai toujours besoin de toi… Pas pour m'aider à cause de mon handicap, non, mais parce que tu mets de la couleur dans ma vie… Je ne veux pas que tu m'oublies, je ne veux pas que tu fasses ta vie sans moi… Je t'aime. Je t'aimerai encore demain… et après-demain… murmure-t-il avant de poser enfin ses lèvres sur les siennes.

C'est ça, le bonheur… être avec elle.

Encore et encore, il l'embrasse, insatiable, ne quittant sa bouche que pour lui couvrir le visage de baisers, prenant ses mains, posant ses lèvres à la naissance de ses poignets.

Dans la maison, il fait maintenant tout à fait noir. Véronique ne songe même pas à allumer la lumière, car elle se sent en sécurité avec Thierry. Maintenant nichée contre lui dans le fauteuil à bascule, elle lui raconte ses émotions des derniers jours.

— Quand j'ai vu la cassette, j'ai compris… j'ai su… J'ai arrêté de m'inquiéter…

— Explique-toi.

— J'avais peur que tu aies rencontré quelqu'un d'autre… Mais quand j'ai entendu ce que tu as dit, enfin… à tous ces enfants, j'ai compris que je serais toujours importante pour toi… que je ne te perdrais pas… Puis mes parents m'ont donné mon cadeau et me voici.

Ils s'embrassent encore, puis Thierry parle à son tour.

— Moi aussi, j'ai du nouveau. Je ne sais pas comment tu vas prendre ça…

Elle tourne la tête vers lui, sur le qui-vive.

— Papa a eu une proposition de la chaîne de magasins d'alimentation pour laquelle il travaille. Ils ont besoin d'un directeur des ventes sachant parler le français… à Québec.

Incrédule, Véronique crie presque :

— Il a accepté ? Vous allez déménager à Québec ? C'est vrai ? Dis-moi que c'est vrai !

Elle s'est levée. Lui reste tranquillement étendu dans le fauteuil, énigmatique, avec un sourire en coin.

— J'avais raison d'avoir peur de ta réaction : une vraie hystérique ! Laisse-moi parler si tu veux savoir le reste. Et reviens ici. J'ai froid sans toi.

La jeune fille regagne sa place, fébrile.

— Il y a un agent qui nous cherche une maison. On déménagera en juin, alors évidemment, tu ne pourras pas passer l'été ici ! C'est décevant, je sais… Quant à moi, je dois aller passer une semaine à Québec en mai pour rencontrer les intervenants du cégep.

— Les intervenants… ?

— Les gens qui travaillent au service d'accueil aux étudiants handicapés. Je vais m'inscrire en éducation spécialisée. J'aurai droit à des services adaptés, c'est pour ça que je dois m'y rendre au printemps… J'ai déjà commencé à apprendre à me servir d'une petite boîte conçue pour prendre des notes… Je te montrerai, c'est difficile à expliquer, comme ça.

Thierry se tait, fier de l'effet de surprise qu'il vient de causer. Véronique l'a écouté comme dans un brouillard, des images se superposant dans sa tête : elle et Thierry dans la même ville, marchant ensemble, l'été, l'automne, l'hiver… toujours…

— Tu pleures encore !? s'exclame-t-il, l'air faussement exaspéré.

— Avec une nouvelle comme ça, tu peux avoir deux points, trois si tu veux… J'ai perdu le compte. Je suis si heureuse ! C'est vraiment certain tout ça ?

— Oui. Aussi certain que je t'aime. Tu veux que je te pince pour être sûre que tu ne rêves pas ?

— Non, ça va aller, merci, refuse-t-elle en riant.

— Et j'ai une idée pour le pointage.

— Laquelle ?

— Commençons une autre partie, tout de suite, ajoute-t-il, étouffant le rire de Véronique par un baiser. Tu as mangé des Smarties en m'attendant, n'est-ce pas ?

— Oui. Tu les as sentis ? Je t'ai vu renifler.

— C'est ton odeur que je respirais. Je me pensais pris d'hallucinations… Tu sens bon, tu sais… J'ai dormi deux semaines avec ton oreiller quand tu es partie. Après, il a perdu ton odeur.

— Alors comment tu as su, pour les Smarties ?

— Je les ai goûtés… Un à zéro !

Remerciements

Il serait impensable que je ne remercie pas d'abord Chantal Côté, amie de toujours et toute première lectrice. Merci pour l'équilibre que tu m'apportes : tu as toujours su me laisser écrire et à la fois me forcer à lever le nez de mon travail !

À ma grande Carole-Anne : tu es le plus agréable des cobayes ! Même si je t'arrache souvent à tes amies pour que tu viennes tester un mot, une phrase, une idée, tu gardes toujours le sourire ! Tes commentaires d'adolescente me sont précieux ! !

Merci à Marie-Josée Lacharité : tes indispensables et inspirantes suggestions ont rendu le travail de correction plus qu'agréable. Merci pour ton humour et ta générosité !

À mon mari Michel : merci pour la paperasserie ! Merci d'être fier de moi et de me le dire.

Merci également à Monique Hamelinck : *you know why*!

Fiches d'exploitation pédagogique

Vous pouvez vous les procurer sur notre site Internet à la section jeunesse / matériel pédagogique.

www.quebec-amerique.com

Marquis imprimeur inc.

Québec, Canada
2008